KB260665

김대두 시집

물에 젖은 낙엽처럼

한누리
미디어

어둠의 세월을 산 사람의
아픔과 뉘우침 그리고 젊음

신경림(시인)

김대두 시인의 시에는 어둠의 세월을 살아온 세대의 아픔이 있다. 그리고 무엇이 옳고 무엇이 그른가를 알면서도 말하지 못하고 행하지 못하면서 살아온 세대의 뉘우침이 있다. 이러한 정서는 물론 그에게만 있는 것은 아니고, 또 자칫 상투적인 시로 될 위험도 내포하고 있다. 하지만 그의 시는 가락이나 내용에 있어 유니크하고 활기차다. 시가 관념으로 만들어지지 않고 체험을 통해 구체성을 얻고 있기 때문일 터이지만, 어쩌면 나이를 먹고도 버리지 못하는 아름다운 삶에 대한 꿈으로 해서 더 그러할 것이다. 그의 시의 가장 큰 미덕은 나이에 관계없이 무한히 젊다는 점이기도 한데, 생리적 연령이 그 꿈에 의해 극복되고 있는 것이 아닌가 여겨지는 대목이기도 하다.

| 차례 |

| 차례 |

김대두 시집

| 차례 |

| 차례 |

| 차례 |

김대두 시집

금정굴에서

쓰나미

너희들 이젠 그 검은 깃발은 집어치워야 한다
늙은이 몇몇이 길을 막고 깡통을 두들기고
발악을 한다고
누구 하나 거들떠보질 않는다, 미친년의 날굿이다
오히려 외면을 한다

옛날 음모와 行虐행학을 마음껏 저질렀던 먹물 같은
그 어둠이 그리워서 그러지만
그런 날은 결코 오질 않고 다시 와서도 되질 않는다

어제의 원수들이 얼싸안고, 애비 죽인 그것까지
용서를 하는 이 화해의 세상에
소금을 뿌리고 상처를 쑤셔대는 너희들
어느 땅굴 속에서 튀어나온 蛇蝎사갈의 종자들인가

옛날 한 자리했다는 것이 멍에가 되고, 없는 것들
업신여긴 것이 죄가 되는 그리고
광화문 네거리에서 조리를 돌지 않는 것이 고맙기만 하는
그런 날이 오는 것도 멀지 않은 오늘

아직도 칙칙한 그 잠꼬대에서 깨어나지 못하고
잔머리만 굴리는
은전 몇닢의 꼬임에 빠져 게거품을 물고 핏대를 세우는

젊은 것들 쳐다보기가 부끄러운
비리먹는 늙은 것들

너희들 이젠 그 검은 깃발은 걷어치워야 한다
물은 물대로 흐르고 천하는 백성의 손에 들어가도록
막아선 길목은 비켜줘야 한다 아니면
일체를 휩쓸고 갈 널름대는 불꽃, 그 시커먼 쓰나미가
쳐들어온다

연길에서

백두산 산자락은 麻姑마고할매 치마폭처럼 넓기만 하고
두만강 가 먹어 보는 매운탕 맛은
'옛 조선의 맛 그대로' 를 지니고 있다

해란강과 일송정이 지키고 있는 땅, 등성이마다
조상들의 피와 땀이 스며 있는 곳
오늘도 치달리는 말발굽소리와 은은한 총소리가
들리는 듯하다

사람들은 자본주의 등쌀에 허리가 휘어져도
"통일은 우리가 주도한다" 번득이는 눈빛
두 주먹 불끈 어깨를 편다

一望三國일망삼국 까마득한 두만강 河口하구, 뚫리는 물길 따라
꺼먹 꺼먹 드러내는 낯선 배들
몰려올 그 날은 언제쯤 될까

자화상

두 번 다시 흔들리며 살지는 말아야 할 텐데
좌도 아니고 우도 아닌 것이 바람 부는 그대로
목숨 부지해 왔다는 것이
한없이 고마워도 울컥 낯가죽이 뜨거워지는 것은

칼바람이 불 때 땅에 엎드려 칼날을 피하고
핏발선 눈뿌리 앞에서 오금 찔끔거리며 손도장을
찍었던 나여
빈충맞다 못해 비겁까지 했던

이제 더 밝은 세상이 찾아와
깨알 같은 잘못도 서캐 같은 비리도 죄가 되어
고깔을 쓰고 조리를 돌아야 하는 바람 부는
길바닥

번견도 주구도 아니면서 혓바닥을 빼물고
더러는 행렬의 앞줄에 서서 고함을 지르다가
더러는 행렬의 꽁무니에 서서 주먹을 휘둘렀던
나여! 역사의 편승자여, 기름 묻은 똘마니여

남들은 얼굴 묻고 숨죽이며 살아온 덕에
늘그막에 배 두들기며 느긋하게 이빨 쑤시는데
아홉 밤 아홉 낮을 앓고 또 앓아도

두고 두고 남을 후회, 식은땀만 흐르고

왜 남들처럼
주어진 하늘만큼 드러내고 사는
그 깊숙한 돌부리로 살아오지 못했을까

우리들 눈에는

우리들의 눈에 비친 너희들은 평생 상종을 못할
걸레 같은 인간들이다
머리는 샛노랗게 물감을 들이고 바지는 흘러 내려
엉덩이가 드러나도 부끄러울 줄 모르는
미친년들의 날궂이
사내들은 얼룩덜룩 각설이 꾼의 행색을 하고
누렇게 뜬 얼굴, 히멀건 눈알에도 돈독이 올라
골목마다 볼기짝을 치켜들고 수채구멍을 뒤지는
영락없는 거렁뱅이
아이놈들은 그 헐렁한 수자리를 살렸더니 날마다
에미한테 전화질을 하다가 그것도 모자라 열흘이
멀다 하고 휴가를 나오는 탯줄 덩어리들
정치꾼들은 시류를 탄답시고 우리들 눈치를 보다가
눈만 한 번 흘기면 화들짝 겁을 먹고 똥을 싸재끼는
들쥐 같은 무리들 속에
기업꾼들은 첩들을 더 두기 위해 한 푼이라도 싼 노동력을
찾아 아프리카까지 달려가고
재벌이란 것들은 임금의 씨가 따로 있나 하고 몇천평
땅에다 아방궁 짓기를 내기하는 나라
비리 먹는 나라

더 썩어 문드러지기 전에, 더 거덜나기 전에 꼭 손을 봐야 할
너희들
마음만 먹으면, 단매에 결단낼 석돌보다 못한 떨거지들이다

주체의 땅에서

확실히 문화 선진국을 다녀 왔다
바꾸어 말하면 가래도 침도 마음대로 내뱉지 못하는
청결의 그 땅을 다녀서 왔다

참게와 가재가 그물에 걸려들고 식탁 위에는 벌레 먹은
상추가 올라오는
먹거리는 조미료를 치지 않아 우리 늙은이들은 고향의 입맛에
울컥 눈물이 미어지는 무공해의 땅에서

여인들은 감장 치마 흰 적삼, 가리마에 쪽을 진 가다듬은
매무새, 해방 그 때의 감격이 뭉클해지는 어찌할 수 없는
조선의 처녀

안녕하십니네까 감사합네다, 건네는 인사는 여리고
애띠어도
찔레꽃처럼 절대 곁을 주지 않는 우리네 여인들의
뿌리 깊은 결기

산비알을 올라가는 '속도전' 숲길
소나무는 미인을 닮아 미끈하게 허리를 뽐내고
창날 같은 묏부리는 하늘을 찌를 때
물살은 칼날처럼 바위라도 쪼개는 서슬 푸른 고장에서

감쮸시대, 나그네 설움, 친일파의 노래도 자신 있게
부르는 주체의 땅에서
독수리로 솟구치는 교예단의 영웅들을 지켜보며
나는 시방 어느 나라 여행기를 쓰고 있는가

은전 세닢

은전 세닢의 꼬득임에 놀아나 저렇게 머리띠를
두르고 주먹을 치켜드는 실성한 사람들
은전 세닢의 꼬임에 빠져 저 푸른 들판에
재를 뿌리고, 그 땅 속에 지뢰를 파묻는
환장한 인간들

은전 세닢의 반짝임에 눈이 부서 친구가 친구를
외면하고, 이웃이 이웃끼리 이를 가는 사갈의 세상
근 반백년 동안, 어떻게 다스려온 뿌리 깊은 원한인데
소금을 뿌려 또 다시 시퍼렇게 성을 내게 하느냐

은전 세닢에 고향을 쫓거나 이리 저리 떠돌아다니는
이스라엘 백성들
조상의 무덤은 쑥부쟁이 망개 넝쿨이 엉켜도 손가락 하나
어찌하지 못하는 금단의 땅에서
땅 심은 진이 빠져 석회질이 되고, 풀 한 포기 돋아나지
못하는 비리 먹는 땅

은전 세닢의 업보를 지고 그 앞바다에서 등이 굽은
물고기가 걸려들고
그 땅 위를 외눈박이 짐승들이 돌아다닐 때 사람들은
뭐라 말을 할까
"짓이기고 짓이겨도 천추에 남을 후회, 가롯 유다보다
못한 죽지도 못한 인간들" 이라고

금강산에 간다

늙은 군인의 노래를 부르기가 부끄러워 가루 늦게 나도
금강산 구경을 간다
우리 손주 손목 대신 할망구의 손목을 잡고
벼랑길도 마다 않고 만물상까지 올라가 보려 한다

해방 있던 그 때 운동회 전날 밤 밤을 새웠던 우리들
반세기 동안 노래 속에서나 살아 있었던 뜨거운 그 이름
보다 뚜렷하게 끌어안기 위하여 보다 화끈하게 점을
찍기 위하여
진부령을 넘어가는 버스를 탄다

통일이 있는 그 날 너는 무얼 했느냐고 물어 온다면
늦게나마 나도 금강산을 다녀왔노라고 가슴 내밀기
위하여 그리고
오십년 세월 배를 깔고 눈치만 봐왔던 그 반동의 딱지를
뜯어내기 위하여

활짝 개인 가을 날
아들 딸 손에 떠밀려 우리 부부 내일 금강산 구경을
간다

가룟 유다의 길

한 편에선 京平戰경평전의 뒤풀이로 통일 기원 한 마당을
벌린다는데
서울역 광장에선 늙은이 몇몇이 빈 주먹을 치켜들고
마른 하늘에 삿대질을 하는 것은
예의 그 녹슬은 훈장을 철렁거리며 월남전의 낮도깨비
정글복을 걸치고
핏발선 눈으로 악을 쓰고 있는 것은
어딘가 그 날의 낯익은 행학을 떠올리게 한다
50년 전 전시 수도 부산에서 독재자의 똘마니로
땃벌떼다 뭐다 온갖 숭물스런 탈바가지를 뒤집어쓰고
사람들을 테러하고 납치하여 린치하던 그 피묻은
손버릇이
공화당 때는 물고문을 하고 흔적없이 파묻었던 물끼 없는
손버릇이
행여 저 역사의 수레바퀴를 되돌릴 수 있을까 하고
아니면 못 먹는 밥에 재나 뿌리자는 사갈스런 근성의
사생아들
이제 세상은 기어코 백성들의 것이 되고야 만다는 하늘의
이치를 뉘우치고 난 뒤
지금쯤 골방에 처박혀 자술서를 써 가며 죽을 날이나
기다려야 하는 늙은 것들이
저렇게 정글복을 걸치고 발악을 하는 것을 보면
아직도 온갖 못된 짓들 마음놓고 저질렀던 그 먹물 같던

어둠이 그리워서 그러나 아니면
무덤까지 따라갈 그 시커먼 저주가
무서워서 그러나

할인점

한 편에선 집 값이 올라간다고 손뼉을 치고
야단들이지만 다른
한 편에선 없는 놈을 죽인다고 구멍가게들이
아우성을 친다
모두가 없는 놈들끼리 살아남기 위한 피투성이
속에 재벌이란 것들이 외국인들까지 끌어들여
아이들의 눈깔사탕 라면 봉지까지 혀를 대게
하였으니
없는 것들의 주머니를 한두 푼 아껴주는 데는
너희들은 분명 우리들 편이지만
돈이라면 제 에미까지 잡아먹는 사갈스런 종자
찰거머리 같은 그 자본주의자들
십원 이십원 아껴준다는 눈가림에 속아 어느
고장에서는 그것들을 끌어들이기 위하여 편싸움이
일어나고
멱살잡이하는 사이 거대한 고래 아가리는 그 고장
돈을 싹슬이하고
그 돈들은 다발로 묶여 외국으로 들어가고
구멍가게, 영세민들은 모조리 비리먹어 껍질만
남는 이 판에
분배정의를 부르짖는 정부는 그것도 정의의 하나라고
저렇게 뒷짐지고 먼 산만 바라보고 있다

숲 속에서

또 저것들이 시퍼렇게 돌아다닌다

이 깊은 숲 속에 무슨 햇볕이 파고든다고
이 좋은 아침 공기에 무슨 티끌이 묻어 있다고
저렇게 콧구멍을 틀어막고 얼굴을 가리고
돌아다니나

송충이 같은, 번데기 같은 탈바가지를 덮어쓰고
입으로는 싯누런 구린내를 토해내면서
나만 깨끗하고 깨끗하면 된다는 제 잘난 맛에
징글맞게 앞만 보고 쉭쉭 돌아다닌다

사람들이 보기 싫으면 집구석에 처박혀 있던가
더 보기 싫으면 그것들의 땅으로 이민을 가던가
칙칙하고 숭물스런 그것들의 가면을 쓰고 이 맑은
산천을 왜 돌아다니나
이 모든 것들 좀 배웠다는 것들의 말장난 때문이다

이럴 때, 땀 흘리며 산등성이를 올라오는 머리띠 두른
여인들을 보면 옛날
그 사무랍던 시절 치마폭이 넓어도 헝클어지지 않던
우리네 아낙네들의 다부진 그 매무새를 다시 한 번
떠올리게 한다

사람의 손

그 좋은 산자락이 저렇게 손바닥만한 공터로
줄어드는 걸 보면
사람의 욕심이 모질기는 모질다
그 넓은 일산벌이 흙먼지만 날리는 신개지가
되는 걸 보면
사람의 손때가 묻어 문드러지지 않는 것이 없다
옛날에는 그렇게도 신성시했던 그린벨트
이즈막엔 그것부터 갈아뭉개는 한풀이 속에
사람들은 이제사 배를 두드리며 허연 이빨을
드러내고……
하기사 그 시퍼런 샛강이던 난지도가 저렇게
까마득한 하늘공원이 되는 것을 보면
사람의 손끝이 무섭기는 무서운가 보다

길바닥에서

개들이 길바닥에서 짝짓기 연습을 하고 있다

너는 누구 나는 누구 수인사를 하고 난 뒤
꼬리를 살랑대며
볼들을 부비고 있다

하늘은 쨍쨍 햇볕은 내리꽂히고
포도는 파랗게 불꽃을 튕기는데

지켜보는 두 남녀, 개주인들도
벌겋게 벌겋게 불달아 오르고 있다

묻어 버린 세월

그날이 오면 나는
종로에서 을지로에서 차고 넘치는 사람들의 무리 속에
파묻혀
어깨를 짜고 고개짓하며 노래를 부르고 주먹을 휘두르며
행렬의 맨앞에서 펄럭이는 깃발을 따라 광화문으로 광화문으로
지쳐 나갈 것이다

삼각산이 춤을 추고 관악산이 떨치고 일어서는 그 날
하늘은 한없이 푸르고 이글이글 타는 태양 아래 사람들은
불달아 오른 얼굴
자유 평등 우애를 다짐하면서 뜨겁게 뜨겁게 두리뭉쳐
늦여름 장마당을 짓뭉개 버릴 것이다

북에서 내려온 친구 남에서 올라온 친구 모두 한 자리에
어울려
원수가 형제 되고 미움이 그리움이 되는 뜨거운 용광로 속에서
눈물로 적시고 또 적시어도 묻어 버린 세월은 녹아나질
않는다

오직 돌덩이처럼 꽉 다문 그대로 말이 없을 뿐이다

씨가 마르도록

그 날이 오면 나는 어느 산자락의 묘소를 찾아가
해방 그 때 이글이글 태양처럼 우리네 가슴 속을 불태워 왔던
당신의 영전에 인사를 드리고
고향의 장마당 그 뜨거웠던 현장으로 달려가고 싶다

기름창고를 돌아 어판장에 들어서면 뱃머리에 버티고 서 있는 그
구릿빛 사내의 검붉은 웃음 속에서 해방과 만선의 기쁨을 알았고
장마당에선 울긋불긋 깃발이 치솟고, 연설이 있고, 만세소리는
하늘을 찌르던 그 날
사람들은 패를 나누어 술도가로 면장 집으로 모조리 때려 부수려
달려가던 그 때
다리 건너 주막집 울타리엔 무궁화가 한창으로 피어오르고
어두운 처마 밑 술청에는 깡마른 늙은이가 오늘만은 허허로운
웃음을 얼굴에 담고
사필귀정이야 사필귀정이야를 거둬 담을 줄 모르던…….
이젠 착취도 수탈도 겁나지 않는 우리끼리 두리뭉쳐 살아가야 할
뜨거운 나라 새 나라를 위하여
마을마다 위원회가 들어서고 누구를 이 나라의 우두머리로
모시기 위하여 고을마다 사람을 서울로 보내던 그 때
인천 앞 바다에 점령군이 들어와 이 고을, 저 마을 흙먼지를 날릴 때
蛇蝎사갈의 종자들은 주둔군의 발부리에 엎드려 당신을 음해하다
끝내는 해코지까지 생각하게 되었으니

하늘도 이 백성들의 사갈스러움이 미워 땅덩이를 두 동강내고
서로 서로 총부리를 겨누며 이를 갈게 하였으니
그 세월이 사람의 한평생인 반백년을 넘고, 왜정 삼십육년보다
더 지독했던 분단 오십년
그동안 역적의 누명을 쓴 당신, 묘도의 비석마저 때려 부수던
행학 속에서 살아온 분노의 세월 그러나
그 업보도 어지간히 세월의 뒤안길로 사라져 버린 지금
내려오소서, 내려와서 해방 그 때의 감격처럼 비둘기를 날리고
다시는 이 땅 위에 그런 사갈의 종자들이 발을 못붙이도록
제초제를 뿌리고 고엽제를 뿌려도 빤짝이는 실눈들
하늘과 땅이 맞물고 돌아가도록 맷돌을 갈듯 모질게 모질게
갈아뭉게 버리소서

아직도 이 나라는

뉴타운을 만든다면서 저 좋은 야산은 왜 갈아 뭉개나
공원도 있어야 하고 산책로도 있어야 한다면서

한때는 그 산자락에 닭장, 돼지우리도 못짓게 하고
한때는 그 개울 옆의 움막집을 마구 때려 부수던
신성 불가침의 땅을
저렇게 불도저로 갈아엎고 있는 것은
그동안 서슬 퍼렇던 약발이 떨어져서 그러나
그것도 과거사의 악몽이라서 그러나

땅값을 잘 쳐줘서 땅 가진 놈이 좋고
싼 땅에 집을 지어서 집 짓는 놈이 좋은
이 누이 좋고 매부 좋은 흥정판에 관청이 끼어들어
이편에 붙어 리베이트를 받아 먹고 저편에 붙어
개평을 뜯어 먹는
꿀단지 같은 뉴타운 프로젝트

수만 채의 아파트를 지으면 무엇 하나 모조리
투기꾼의 손에 다 들어가고
순진한 영세민들은 공연히 들러리만 서 주는
이 뿌리 깊은 장난들은 언제 가야 버릇을 고칠까

천성산을 뚫을 때 그렇게 난리치던 환경단체도

저 좋은 숲들을 마구 황폐화 시켜도 숨죽이고 있는 것은
뭉텅 뭉텅 쥐어주던 검은 돈 때문일까 아니면
관청으로부터 무슨 쥐약이라도 얻어 먹어서 그러나

몇놈들만 독차지하는 골프장은 손도 대지 않으면서
없는 것들의 유일한 휴식처인 이 동산을 저렇게
짓뭉개는 것은
아무리 너희들은 평등공화국이라고 나팔을 불어도
아직도 이 나라는 그것들의 것이다

금정굴에서

딱 따 딱
새벽부터 잠을 깨우는 저 놈의 소리

이 높은 산자락을 저것들 몇놈들이 독차지하고
돈 자랑, 힘 자랑, 그것 자랑까지 다 한다

그 날 지노귀때
마지 못해 찾아와서 찔끔거리며 몇마디 弔辭조사를 하더니
곧 바로 달려가 골프채를 휘두르던
송충이 같은 인간들

남들은 그것을 원혼을 달래는 소쩍새 울음 소리로
알아들으라 하지만
팔다리가 없는 우리에게는 가슴팍을 후비는
딱다구리의 行虐행학으로 밖에 들리질 않는다

오늘도 산 아래 기도원엔 자가용이 모여들고
설교단 위 목사는 이곳이 하나님이 축복하는 복된 땅이라고
바로 곁에 비명도 못질렀던 학살의 현장이 있다는 것을
감추어 둔 채

그 날처럼 입으로만 하얗게 하얗게 비둘기를 날리고 있다

다시 우이동에서

어쩌다 당신의 묘소를 찾아갈라치면
묘도 입구에서부터 들어야 하는 컹컹대는 개소리
그것도 복살스러운 우리네 삽살개가 아니라
송아지 만한 크기의 '셰퍼드' 이고 보면
즈네들은 아니라 잡아떼지만 우리는 어떻든
고의라고 생각한다

이제 당신의 업보도 세월이 다 가고 그래서
백성들의 성화에 못 이겨 그 은혜에 보답을 한답시고
마지 못해 훈장까지 추서하면서
그 곁에 하필 개를 기르고 있는 것은
찾아오는 참배객은 내쫓지 못한다는 세상의 눈이
무서운 抑何心情억하심정에서
두고 두고 당신을 욕보이던 못된 손버릇이 남아 있는
탓이리라

그것도 그들이 개라도 키워서 먹고살아야 한다면
혹시 도둑이라도 들까봐 무서워서 그런다면
당신 생전의 그 얼굴, 無産大衆무산대중에 대해서는 언제나
인자한 그 눈빛
그저 조용히 웃고 말 일이던 것을

골프장 근처에는 개들을 얼씬도 하지 못하게 하면서

선열의 묘역에 개를 풀어놓는 것은
선열들을 욕보이는 蛇蝎사갈스런 근성
반세기가 넘는 해묵은 버르장머리다

그 때

너희들은 모이기만 하면 그 때 그 이야기를
하지만
그런 세상은 다시 돌아올 수도 없고 돌아와서도
안 된다
조국 근대화, 민족중흥이란 깃발을 내걸면서
등 뒤에서 내밀던 그 시커먼 손들
때문에 한강에는 둥둥 똥들이 떠다니고
동빙고동에는 오적들이 득실대던 그 때
농촌은 비리먹어 온통 마을을 떠나고
도시 변두리에도 발을 못 붙인 인간들은
산비알로 쫓겨 나가
구더기처럼 대가리를 처박고 달동네를 이루었던
그 때
임금님은 밤마다 후궁을 갈아가며 풍악을 잽히고
정승 판서들은 잔머리를 굴려 리베이트를
뜯어내려고 혈안이었던
말깨나 하는 놈들 모조리 가막소로 보내고
더 꺽대쎈 놈들은 넥타이공장으로 보내던 그 때
공장에 일나갔던 딸년들 견디다 못해 술집으로
팔려 나가고
축에도 못긴 젊은 것들 저 멀리 열사의 땅으로
몸 팔러 가던
모든 게 거짓과 허풍으로 가득찬 세상

임금님은 날마다 술독에 젖어 내시와 더불어
형 동생하다
내시가 용상을 넘보던 조폭 같은 나라
그러다가 어영대장의 손에 맞아 화약 냄새를
풍기며 스러졌던 세상
그 세상이 아무리 그리워도 두 번 다시는
찾아 오지도 않고 찾아 와서도 안 된다

夏日 하일

뭉게구름을 보면 웬지 나는 강마을에
가고 싶다
발을 담그면 강물 속에 흰구름이 흘러 가고
버들치, 불거지들이 발등을 쪼는 오후
산 그늘 어데선가는 나를 부르는 청아한
저 매미소리
강 건너 풀밭에선 소들이 한가하게 풀들을
뜯고
누가 찾아왔나 마을에는 고요를 깨뜨리는
개 짖는 소리
들일을 마쳤나 사람들은 반두를 들고
여울목을 뒤지고
벌써 파장이 되었나 장에 간 사람들이 하나
둘씩 돌아오는 강나루
오늘 저녁은 그 얼큰한 매운탕으로 모처럼의
입맛이나 돋구어 볼 일이다

그날

흙바람

죄중에 제일 악랄한 죄는 없는 놈의 등거죽을
벗기는 일이다
한 놈이 잘 살기 위해서는 열 놈이 희생을 해야 하고
한 놈이 열 채씩, 집을 가지면 백 놈이 길바닥으로
내몰려야 하는
그것을 알고도 부추기던 정부는 이제사 감당을
못하여 손을 놓고 있고
투기에 돈독이 오른 여편내들은 없는 놈들은
안중에 없고
아르바이트를 사서 밤을 새워서라도 현장을 지킨다
돈이 돈을 먹는 세상, 나라 일도 돈놓고 돈먹기로
돌아가고
헐벗은 것들은 더 이상 벗을 것이 없어 쪽방 동네
에서 숨어만 살아도
여우목도리에 파묻힌 여편네들은 돈 굴리는 궁리에
밤잠을 설치고
그것이 결국은 없는 놈의 등거죽을 벗기는 行虐행학으로
쌓이는
이 나라 대한민국은 있는 놈을 위하여 없는 놈이
세금을 내는 조폭의 나라
투기라면 민주 인사까지 발벗고 달려드는 비리먹는
나라에서

“조선 망하고 대국 망친다” LA까지 불어갔던 그
바람이
또 다시 서울을 거쳐 중국 대륙에 가서 흙먼지를 불러
일으키고 있다

잔나비떼들

즈네들은 그러고도 숨겼다고 하지만
볼기짝과 꼬리는 드러내기 마련이다
일체를 감추고 일체를 숨기고 살아간다
하지만
그 사무랍던 시절 저질렀던 행학은
날이 갈수록 더 드러나고
한때는 애국이니 애족이니 하던 나름대로의
핑계도
세월이 갈수록 냄새가 나는 문드러진
인간들
때문에 목에 개패를 걸고 조리를 돌아야 하는
징그러운 그 이름, 민주 반역자
그래서 언제나 세상은 뒤집히게 마련이고
화무십일홍, 권불십년이 결코 빈말이
아니던 것을······

향우회

얼마나 다행한 일이냐
이렇게 일년에 한 번이라도
만날 수 있다는 것이
그 메마른 깡촌에서 뿔뿔이 올라와
이 각박한 서울 바닥에서
비탈밭 쪼아 뿌리를 내렸다는 것이
그동안 얼마나 많은 세월을
살아오는 데 시달렸으며
얼마나 많은 '타향살이' 로
멍든 가슴 달래어 왔던가
오늘은 양복에 넥타이까지 매고
젊은 사람들 윗자리에 앉아
어른 대접 받고 있지만
트랜지스터에 선풍기 매고
골목 골목 누볐던 일 생각하면
젊어서 고생은 금을 주어도
아깝질 않더라
더더욱 6·25 전후
어둠을 틈타 뒷재를 타넘었던
야반도주에서
오늘까지 목숨 붙여 살아있다는 것이……
일년에 한 번씩 만나던 그 친구
고향에서는 그렇게도 못사귀었던 그 친구

이곳까지 따라와 악착같이 내 뒤를 밟던
그러나 그 절명의 순간 기어코 고개를 돌리던
그 고향 까마귀
이젠 먹물 같던 그 세월의 이야기도
부담스럽지 않은 오늘
금년 향우회때는
작년에 갔던 그 골목 그 술집에서
향우회의 이름을 팔아
술이나 한 번 실컨 퍼 마셔 볼 일이다

독백

그런 손버릇은 어디서 배웠나
공화당 때부터 잔뼈가 굵어온
이젠 고문을 해도 흔적없이 골병만 드는
닳고 닳아 빠진 물끼 없는 손버릇

오늘 저것들은 눈 앞에서 머리를 쌀랑거리며
냄새를 피운다
옛날 같았으면 당장 잡아넣고 주리를 틀어
자백을 받아낼 텐데
명색이 민주국가라 그러지도 못하고
높은 데서는 무엇이던 꼬리를 잡고 기름을
짜나라고 닥달을 한다

더러는 괜찮은 인간들도 있더라만
그것들은 즈네들 시새움 속에서 떨려 나가고
털어도 먼지 안 나는 비리먹은 인간들만
득실대는 곳

이놈의 짓거리도 그만 둘 때가 가까워 온다

그 날

남부군의 전적비가 지리산에 세워지고
구월산엔 유격대의 위령탑이 들어서는
그 날
학생들은 조국 순례, 행군길에 꽃다발을
바치고
학교에서는 새로 나온 역사책으로 공부를
해야 하는
모두가 전쟁터의 영웅이었고
나름대로 가슴 속엔 '민족과 조국' 이
꽉 차 있던……

'게티스버그' 의 언덕, '구마모토' 성밖의
젊은이들처럼
너와 나 가리지 않고 우리 모두의 자랑으로
피 흘린 언덕마다 비석들을 세우고
피 묻은 바위마다 영웅담을 새겨넣는 그 날
애비 죽인 원수까지 얼싸안으며 모두가
소담스런 꽃봉이로 거듭 태어나
붙이붙는 꽃밭에서 흐드러져야 하는 그 날

그 날이 오면

그 날이 오면
하늘은 한없이 푸르고 강물은 눈을 감고
유유히 흐르는
강 건너 마을에는 울긋불긋 깃발들이 오르고
산허리를 돌아가는 열차는 더욱 세차게
북으로 달리고

너 아버지 산소를 나도 찾아가고 내 아버지
산소를 너도 찾아오는
벌초길의 동행에서 반세기 해묵은 응어리는
눈 녹듯 사라지고
애비 죽인 원수끼리 손 더위 잡는
그 날이 오면

이젠 남의 손에 놀아나 편갈라 섰던
빈충맞은 못난이 짓일랑 그만두고 우리끼리
두리뭉쳐 잘 살아보자고 다짐하면서
돌아오는 길목에선 해으름의 장마당에 들러
서로서로 어깨 두드리며 먹물 같은 세월을
이야기하는
그 그리운 날은 얼마나 또 기다려야 하느나

어떤 초상

아직도 저것들이 돌아다니고 있나, 죽질 않고
참 질긴 목숨줄이다
자유당 때는 청년단의 똘마니로 졸졸 따라다니다
공화당 때는 어쩌다 한 자리 얻어걸러 온갖
충성 맹서를 다하고
5·6공 때는 백악관 높지기 회전의자를 돌리며
거드름을 피웠던
흐린 하늘 아래서도 양지쪽을 찾아내 기어코
해바라기를 하고야 말던

국민정부 때는 한동안 행적없이 숨어 있다가
하도 죽을 쑤는 요즈음 또 한 번 빌붙어 뼹땅질이나
처볼까 하고
빼꼼이 대가리를 내미는 두더지 같은 친구들

입으로는 언제나 민주화를 부르짖으면서
안테나는 항상 북악산을 향하여 켜놓는
짓이겨도 짓이겨도 끊어지지 않는 고무줄 같은
인간들

과거사는 그런 것들 잡아내라고 펼쳐 놓은 그물인데
그 그물 구멍마저 용케 빠져 나가는 미꾸라지 같은
오늘도 텔레비에서는 살기 좋은 세상이 곧 온다고

허풍을 떨면
한 술 더 떠 골방에 틀어박혀 자백서를 써가며
잔머리를 굴리는

출세를 위해서는 발바닥도 핥아주는 그리고
쉬쉬 한 마디만 내뱉으면 물불 가리잖고 달려드는
番犬번견
그렇게 그렇게 길들여진 인간들

하이에나

미친 짓거리다, 멀쩡한 벽돌을 걷어내고
똑같은 벽돌로 갈아 끼운다

거기에는 언제나 쉬파리떼가 달라붙는다
업자란 이름으로 본전의 몇갑절을 얹어 먹는데
브로커는 관청의 이름을 팔아 이판에도 구전을
뜯어 먹는다

그래서 해마다 똑같은 자리에서 똑같은 일이 벌어지고
파고 묻고 묻고 파고 돈이 떨어질 때까지 되풀이 되는
때 묻은 손버릇

저렇게 창자를 드러내고 널브러진 길바닥
그것을 핑계로 저네들끼리 주고 받는 칙칙한 검은 거래
세금을 내는 백성들은 그것들의 뒷돈을 대는 줄도 모르고……

평생을 뜯어 먹고만 살아온 인간들
돈 냄새만 나면 썩은 고기도 가리지 않는
하이에나 같은 인간들

또 다시 갈아 엎을 길바닥이나 없는지
오늘도 헛바닥을 빼물고 흙먼지 속을
돌아다닌다

새하얗게

펄럭이고 있다
그 날 지노귀굿 뒤풀이로 걸어놓은 헝겊 조각이며
저 현수막들
높새바람이 없어도 펄럭이고만 있는 것은
응어리가 깊어, 피멍이 굳어 저렇게 마른 하늘에도
얼룩덜룩 날궂이를 하는 것이다
달이 없는 밤이면 앞산 뒷산 귀신들이 모두 모여
원통하고 분통한 이야기를 쏟아 놓아도 모두
어둠 속에 파묻히고
바람 없는 하늘에 허제비굿을 벌려도 아직은
외면만 하는 저 하늘
그 날 그렇게 치를 떨다가 지금은 침묵만 지키고 있는
물이 간 인간들
더더욱 이가 갈리는 것은 저 산 아래 골프장을
만들어 놓고
딱 딱 딱 흰 비둘기를 날리며 우리들의 비명을
새하얗게 갈아 뭉개고 있는 것이다

그런 것도 모르고

과거사를 들추겠다니 그것들의 자식들이 저렇게
시퍼렇게 살아 있는데
그 때의 하수인들이 아직도 높다랗게 떵떵거리고 있는데
가당찮은 일이다
모두가 백성들의 눈을 돌리려고 기득권자가 되면 누구나
울궈 먹는 때 묻은 손버릇
한다면 몽양, 백범의 암살 같은 분노의 역사는 들추지 않고
김형욱, 정인숙 같은 치사하고 더러운 사건에만 혀를 대려 하다니
즈네들의 기득권을 연장하기 위해서는 소가죽도 뒤집어
쓰는 잔나비떼들
모두가 다 백성들의 눈속임인 줄 누가 모르나
그것도 그럭저럭 시늉만 하다가 때가 되면 적당히
목판을 걷어치우는 눈에 익은 잔재주들

언젠가 또 다른 잔나비떼들이 그것들의 손버릇을 배워
또 다시 그것들의 행학을 들추려드는 그 때
우리 모두는 얼밑이 헐어 허우적거릴 그 날
그것을 알고 닳아빠진 저것들이 발가벗고
뛰어들고 있다

그 마을

호수공원에서

학은 천년을 산다는데 저렇게 늙은 것을 보니
고려 때 태어났을까 조선조 때 태어났을까
이 맑은 호숫가에 살다 보면 앞으로 몇백년은
또 끄떡없이 살아가겠다
그런데도 사람들은 모두 코를 막고 돌아다닌다
이 싱그러운 아침 공기를 마다하고 마피아의
가면을 쓰고 징글맞게 쉭쉭 휘젓고 다닌다
모두가 나만 깨끗하고 깨끗해야 한다는 천박한
이기심이 이 좋은 산천까지 침투를 했다
남들은 서울 한복판에서도 창문을 열고 산다는데
저네들은 무슨 호사를 한답시고 이 좋은 공기를
외면하나
사람은 말을 타면 종 앞세우고 싶다더니
일산에 살면서 무엇을 더 바라 코를 막고 다니나

모든 게 그 알량한 배운 것들의 말장난에 놀아나
이렇게 좋은 날 약은 꾀만 혼자 부리지

금강산

모두가 다녀온다는 그 산
제석이도 갔다 오고 남출이도 갔다 온
꽃들은 이미 저도 녹음이 짙어 컴컴한 숲길
넘쳐나는 폭포소리에 귀들은 멍멍하겠지

모두가 다녀오는 고장, 아니 다녀와야 할 그 고장
가선 그곳 사람들 손목도 더위 잡아 보고
말씀도 몇마디 나눠 보고 싶은
그리고 우리는 어쩔 수 없는 한 핏줄이라는 것을
확인해 보고 싶은 용광로의 한 마당

오늘도 그 산의 사진을 바라보면서도 작심을
하지 못하는 것은
아직도 뿌리 깊은 그 소시민 근성 때문일까
아니면 땅굴 속에 엎드린 게으르고 두꺼운
그 껍질 때문일까

적선도 어려울 때 해야 생색이 나듯이
통일 있는 그 날 무엇으로 할 일을 다 했다고 말들을 하랴
무슨 낯으로 영광의 그 날 밝은 하늘을 쳐다볼 수 있을까

이 핑계 저 핑계 미적거리다가 이 해도 또
그렇게 넘어가겠지

그 마을

이 길 이대로 따라가면 서낭당이 나오고
그 아래 약수터 마을이 엎드려 있겠지
옹기 종기 모여 사는 초가 지붕들
끄을음 앉은 그대로 근심스런 사람들
50년대 그 때 그 사람들이 살고 있을까
낮에는 대한민국 밤에는 인민공화국
그 등쌀이 지겨워 솔권해 이사간 그 뜰기와집
아직도 기울어진 그대로 남아 있을까
개울 건너 외딴집 딸년과 정분이 나서
마누라고 애비 에미고 모두 죽인 뒤
빨치산의 소행이라고 속여 군수와 경찰서장의
정중한 문상을 받던 날
형사들에게 잡혀 간 청년단장이 살고 있던 고장
그 때부터 하나 둘씩 마을을 떠나 이사간 사람들
지금쯤 어디메서 뿌리 내려 살고 있을까
성묘고 벌초고 때맞춰 하고나 있을까
그 때 설탕만 타면 사이다가 된다던 그 새하얀 약수
옛날 그대로 게거품을 물고 솟아나고 있을까

고래 아가리

돈만 있으면 산허리를 자르고 늪지를 메꿔서도
도로를 낸다
누이 좋고 매부 좋은 이 좋은 장삿거리를
땅 가진 것들은 땅값이 올라서 좋고 길 닦는 것들은
돈 벌어서 좋고
허가하는 것들은 리베이트를 먹어서 좋은
몇십년이 가도 끊어지질 않는 이 질긴 먹이사슬
오늘도 멀쩡한 저 길을 팽개치고 그것들의 땅으로
새 길을 낸다
거기에 네거리를 만들고 상가를 짓고 너는 저기 나는 여기
끼리 끼리 짜고 노는 난도질에
땅값은 천장부지 치를 솟고 그것들의 자식들은
떼를 지어 유학을 떠나 별종으로 살아가는 인종들이
태어나는 고장
없는 것들은 치솟는 집값에 가랑이가 찢어져
거기서도 쫓겨나고 그것들의 자식들은 돈이 없어
이 나라 대학에도 들어가지 못하는 문드러진 세상
학교의 급식에는 三餐一食삼찬일식 시래기 국물에 단무지
김치쪽이 고작이고 그것도 노는 날이면 끼를 굶는
아이들의 태반인데도 외면만 하는 대한민국
세금만 거둬지면 길 닦는 데 쏟아부어 종래는 길바닥에 깔려
숨도 못 쉬고 내려앉을 내 조국
공무원들은 들쥐를 닮아서 저네들의 손발 같은 鼠吏서리가 되고

그것들과 한 통속인 관청은 어느때고 쩍벌리고 있는
고래 아가리 지금도
무엇이든 훑어 먹는 잔이빨을 갖고 있다

아파트

이 좋은 산자락을 마구 파헤쳐 놓고
저렇게 아파트를 짓고 있는 것은
꼭히 우리들만을 위해서 하는 일은
아닐 것이다
짓고 또 지어도 지어달라고 아우성치는 것은
집없는 우리들 때문은 아닐 것이다

아파트를 지으면 땅 가진 것들은 땅 팔아서 좋고
집장사는 집지어서 좋고 투기꾼은 장난을 쳐서 좋은
모든 게 끼리끼리 짜고 치는 고스톱판에
없는 것들은 어데고 몸부빌 데가 없고

이백만 채 삼백만 채를 지으면 무얼 하나
모두가 있는 것들의 주머니를 채워 주기 위한
짓거리들인데
그리고 그 돈들은 그것들의 자식들을 위하여
외국으로 남 몰래 빠져 나가고 있다는 것을
알고도 모르는 체하는 이놈의 세상

없는 놈만 억울하지

용미리 가는 길

어린 애의 손을 잡고 내게 용미리 가는
차편을 묻는다
오늘이 아마 지에미 棄日기일인가 보다
날씨는 쌀쌀한데 헐렁한 입성
아직도 재취를 못 얻은 고달픈 행색

인연이란 묘한 것
물같이 희미하게 흘러가다가
열매가 달리면
피보다 진한 멍애가 되어 저렇게
어린 것의 눈이 무서워 이 추운 날에도
어설픈 먼 길을 찾아가야 하는 것

뭉게구름

뭉게구름 속에는 번개도 있고, 소나기도 있고
벼락도 숨어 있다
해방 있던 그 때 아름답던 그 뭉게구름 속에
벼락이 묻어 있어
몇해가 못가 그렇게 모질게 相殘상잔을 하더니

아직은 한여름도 아닌데 때 아니게 피어난
뭉게구름들
무슨 날궂이를 하려고 저렇게 아름답게
피고 있을까
颱風前夜태풍전야 그 고요하던 일요일 아침이
새삼 소름이 돋도록 뉘우쳐진다

목련

저렇게 칙칙하게 널브러져 있는 것을 보면
사람 한세상 함부로 날뛸 것이 아니란 것을 안다
그렇게 화사하게 그렇게 눈부시게 피어나더니
하룻저녁 우박 속에 길바닥에 내팽겨쳐져서
저렇게 짓밟히며 살아가는 것을 보니
6·25 그 때 청년단장으로 감찰부장으로 비까번쩍
광을 내다가
하루아침 높새바람 속에 거적말이가 되어
산비알에 내팽개쳐져 철저하게 이빨을 드러내듯이
사람들은 절대 남보다 두드러질 것이 아니더라
오늘도 어느 뜨락에는 몇 그루 꽃나무에 매달려
안간힘을 쓰며 눈부시고 있는 그것들
담밖의 행길에서는 그것들의 친구들이 파다하게
널브러져
사람들의 구둣발에 철저하게 짓뭉개지고 있다는 것을
저것들은 또 알기나 할까

숨어 있지 말고

찢어진 깃발

찢어진 깃발이 더 펄럭인다
높새바람 속 몸부림치는 저녁 연기처럼
독도는 '다케시마' 다
드러내는 이빨이 더 흉칙스럽다
그것들을 닮아서 꾸역꾸역 모여드는
시청 앞 광장
머리띠를 둘르고 피켓을 치켜든 시커먼 손목
물고문을 하고 주리를 거머틀던 낯익은
그 손목
보안법철폐 반대다 미군철수 반대다
반대를 위한 반대에 이골이난 인간들
언제나 그것들의 番犬번견 노릇 해가며 풀칠을 해온
종놈의 근성
햇볕만 들면 소리없이 잦아질 봄눈 같은 음지의
목숨들
그렇게 그렇게 휘젓는 깃발은 갈갈이 찢어지고
어느 골목 시궁창에 슬그머니 처박혀 흔적없이
썩어갈
우리 시절 한때의 지독한 흙바람이었던 찢어진 그
검은 깃발

병술년 봄날

산수유가 필 때면 웬지 측은한 생각부터 먼저 든다
밭둑에 돋아난 쑥무덤도 모자라 모조리 救黃구황을 위하여
산으로 올라간 그 날

앞산에선 뻐꾸기가 목이 쉬게 울고
산에 간 사람들은 몇가닥 칡뿌리를 지고도 허리가 휘어지는
허가진 한낮
장에 간 사람들은 재넘어 어딘가엔 살인이 났다는 흉흉한 소문만
마을에 퍼뜨리고
학교 갔던 아이들은 점심을 굶어도 소풀은 캐야 한다

아! 누가 여기 해방의 기쁨을 주체할 수 없다고 했나
왜것들은 떠났어도 배고픔은 풀리질 않고
쇠스랑에 기대어 다리쉼을 쉬고 있는 從祖父종조부
이맛전에 무거운 근심스런 그 '봄날'

저만치 동구나무 앞마당엔 우체부마저 힘에 부치는지 우편물 실은
자전거와 씨름을 하고 있다

진달래

어떤 미친놈의 불장난인가
그 많은 산봉우리들이 저렇게 민둥산이 된 것을 보면
그 날 마파람을 등에 업고 들이닥친 불길 속에서
나무 뿌리 풀 뿌리 하나 살아날 것 같질 않더니만

끈질긴 게 목숨이요 무서운 게 백성이라서
이렇게 봄이 되면 그 척박한 지층을 뚫고
저마다 눈트고 싹트는 걸 보면
우리네 역사와 별반 다를 바가 없을 것이니

한 놈이 눈을 뜨면 모두가 잠을 깨고 한 놈이 일어나면
모두가 떨치고 일어서는 산비알, 불붙는 꽃밭
백년 전 의병들의 함성을 떠올리게 한다

오늘 온 산천에 진달래가 흐드러지는 것은
난리 속에서도 몸 낮추지 않고 드러내고 싸운 백성들의
끈질긴 넋이 불타고 있고, 빛깔이 유난이 붉은 것은
그만큼 피어린 한이 많은 고장 탓이리라

과거사를 들춘다면

친일파가 민족반역자라면 너희들은 민주반역자들이다
왜정 36년보다 더 지독했던 분단 50년
동강난 남녘 땅에서 또아리를 틀고 앉아 저질렀던 온갖
行虐행학들

젊어서는 청년단장으로 카빈총을 둘러메고 겨울산 골짜기에
사람 사냥을 했던
때문에 악명이 높을수록 쌓여가는 세도와 권력
국회의원에 운수업, 토건업 회장을 하여 돈을 갈구리로
긁어 고으는 한편

안방에서는 구렁이 알을 까듯 자식농사를 잘 지어 판검사에
고관대작을 만들어
민주화다 통일이다 하면 이를 갈고 물어 뜯게 하였으니
집안에서는 중시조로 추앙을 받고 나라에서는 애국을 했다고
훈장까지 받았으니
이 영광 자손대대로 영원하고 이 어둠 가실 날 없으리라

과거사를 들추자 하는 것들 공연히 배가 아파 지랄들이지
즈네들도 이런 자식들 낳아보라 해라
천지가 벽을 해도 이놈의 세상 바뀌질 않는다
저것들이 저렇게 뒷배를 봐주는 한

들추자면 공평하게 그것들도 함께 들추자
6·25때 남의 땅을 동강냈던, 인민재판에 사람을 죽였던 것들,
밤중에 남의 집의 양식을 빼앗아 갔던 것들, 그리고
겨울산 능선에서 군경들과 피를 물고 싸웠던 것들

즈네들은 혁명이라 하지만 우리에겐 역적질이었다
실패한 혁명은 혁명이 아니다 홍경래, 전봉준이처럼……
그래서 몇백년은 그런 대로 또 다시 흘러 간다

역사를 거슬러서

친일파를 색출한다면 너네들도 발을 뻗고 잠자기는 틀렸다

사실 잘못 들어선 정권이었다
그것은 과도정부도 임시정부도 아닌 오직 통일만을 훼방놓기
위한 단독정부였다
그리고 그것들이 꾸며 놓은 음모에 따라 무대에 올려놓은
꼭두각시 정권이었다
때문에 그 많은 사람들이 저항을 하고 이 산야 파다하게 피를
흘렸던 그 때
그것들에게 빌붙어 정권 창출에 앞장을 섰던가, 그 정권 연장을
위하여 백성을 탄압했던가. 그 새끼 새끼 정권마다
권력의 양지 쪽에 앉아 행학을 저질렀던 무리들
그 행적을 들추어 다시는 그런 行虐행학 일어나지 못하도록
쐐기를 박으려는 이때
몽양, 백범, 죽산을 해코지했던가 그 음모에 가담했던 자들까지
죄상을 천하에 밝혀 그 반역을 응징하려 한다
김종태, 여정남, 이재문 등 저네 정권의 밑천을 아는 사람들은
줄줄이 묶어 넥타이공장에 보냈던
그 피묻은 손길 그리고 그것들을 꼬득였던
무리들까지 다시는 그런 잔재주 부리지 못하도록 뜨거운 본때를
보여줘야 한다
김세진, 박종철, 이한열 여리디여린 꽃봉오리들을 비틀어 꺾었던
무자비한 손목

오직 독재자에게 아첨하기 위하여 사람 목숨을 파리같이 생각하고
물고문을 하고 손톱을 뽑다가 그래도 성에 안 차면
모조리 붉은 용수를 씌워 법정에 내몰았던 간악한 손버릇
이제 일체의 조작, 일체의 음모, 일체의 고문, 일체의 위증이
살아 남을 수 없는 불덩이 같은 대낮
저것들 고깔을 씌우고 개패를 달아 조리를 돌린 뒤
적의와 증오에 가득찬 저 백성들의 손에 넘겨주어라
그리고 그들 마음대로 분이 풀릴 만치 짓이기도록 하여라
그렇게 모질게 살아만 왔던 蛇蝎사갈스런 종자들은……

우화

건교부장관이 부동산 투기를 하고 교육부장관이 부정입학을
시키는 세상쯤 되면 볼장 다 본 세상이다
때문에 '독도는 우리 땅' 이라고 아무리 울대를 붉혀도 저것들은
돌아누워 킬킬대고 있다
한때는 개천에 용났다며, 조상묘를 잘 썼다며, 남의 부러움을
독차지했던, 그 고을의 영재들이
남들은 통일이다 민주화다 하며 쫓겨 다니며 잡혀 다닐 때
백악관 높지기 회전의자를 돌리며
"뭐ㄴ 뭐니해도 사람은 修身齊家수신제가가 제일" 이라며
비웃음을 흘리던 친구들이
육십을 못 넘기고 작살을 맞은 것에 대하여
"그 까짓것 잡음쯤이야 사흘만 지나면 잠잠해질 텐데
從一品종일품은 아무나 하나 가문의 끝없는 영광이지" 라고
거드름을 피울 때
백성들은 말한다
"너희들은 그것을 자랑이라 하지만 우리는 그것들을 가문의
치욕이라 생각한다
그것들이 똑똑한 세상, 불덩이 같은 공화국이 오면 낱낱이
죄가 되어 개패를 목에 걸고 조리를 돌아야 한다는 것을, 그리고
자손들도 고개를 들고 돌아다니지 못한다는 것을, 똑똑히
기억해야 한다" 고……
그것이 이 나라 역사의 무서운 뒤안길이고 두고 두고 남을 후회

그래서 벼슬이 탐나면 돈을 멀리하던가
돈이 아쉬우면 벼슬을 살지 말라고……

김대두 시집

술집에서

어떻게 그 많은 세월을
술독에 빠져 여자에 미쳐 살아왔던가

어떤 낯선 골목에도
은성한 불빛만 보면 내 가슴은 펄떡이고
술상머리 차고 넘치는 유행가가 흐르면
나도 모르게 미치기 시작하는

그래서 게거품을 무는 술자리에서는
모조리 이완용이 되고 송병준이 되는
피가 끓는 세상도

누군가 저 구석에서 ‘가는 세월’ 을 부르면
인생은 그렇게 ‘하숙생’ 이 되고
‘황성 옛터’ 가 되는 뜨물 같은 저녁

창밖에는 아직도 함박눈이 내리고
우리는 이렇게 흐느적거리고 있고

숨어 있지 말고

저것들이 갑작스레 날뛰고 있는 것은
냄비 뚜껑 긇는 섬것들의 근성의 발작이 아니라
무엇인가 음모를 깔고 앉아 또아리를 틀고 있는
'아나콘다' 가 뒤를 봐주고 있기 때문이다

아프칸에서 이라크에서 가라앉으며 허우적거리는
피 묻은 손목, 그것을 건져내기 위하여
검은 이빨의 쪽바리만 족치고 있는 것이다

몇십년 전 이 땅의 싸움에 끼어들었다가 손을 덴
그 날부터
우리 토종벌들이 무서워 함부로 덤벼들지 못하고
변죽만 울리다가
더는 못 참겠다 싶어 바다 멀리서 음모를 꾸미고 있는
가롯 유다의 자손들이여

다시 한 번 이 땅에서 불벼락을 맞고
뿔뿔이 피 흘리며 도망치고 싶다면
모습을 드러내라
그리고 떳떳이 침략을 하라

이제 아무것도 두려울 게 없다
옛날 그 아옹다옹 싸움 속에서도 물리쳤던

너희들인데
이렇게 뜨겁게 두리뭉쳐 있을 때 무엇이 두려우랴
여기는 이라크보다 더 지독하게 지옥의 불길이
넘실대는 곳

올 테면 오라
공연히 저것들만 꼬드기지 말고
공연히 등 뒤에서 어른대지 말고

저렇게 세차게

그것들은 패전기념일 날 낡은 군복에 감발을 치고
때 묻은 군기를 앞세우며 '야스쿠니'를 참배하는데
우리들은 광복기념일 날 시가행진은 고사하고
국기마저 내걸지 않은 채 하루종일 텔레비 앞에서
담배만 빨고 있는

그것들은 남의 나라땅에서 황후를 시해하고
이웃나라 여자들을 능욕하고 그것도 모자라
하루에 수천명씩 사람의 목을 베는 蠻行만행을 저질르고도
동양평화를 위하여 피흘리고 있다고 궤변을 늘어놓는
그러나 그것들은 그것들 대로 민족이니 조국이니 하는
나름대로 핑계가 있는

그런데도 우리네 그것들은 못된 짓거리들은 그것들한테
다 배워
태백산에서 지리산에서 토벌을 한답시고 제나라 여자들을
겁탈하고 제나라 백성들을 학살하던, 민족도 조국도
안중에 없던 그리고 외국인에게는 굽신대고 제나라
백성에게는 거드름을 피우는
사대주의가 뼈에 사무친 빈충맞은 인간들

요즘 그것들이 독도를 갖고 장난을 치는 것도 우리들 속에
즈네들을 지지하는 패거리가 있다는 것과

양코배기라면 쓸개라도 빼내어 갖다 바칠 얼빠진 무리들이
섞여 있다는 것을 알고
오늘 광화문에서 머리띠 둘르고 핏대를 울리는 사람들 속에도
겉 다르고 속 다른 인간들이 있다는 것을 알고

저렇게 세차게 밀어붙이고 있는 것이다

황룡산을 내려오다가

너희들은 끼리끼리 타협을 해도
우리는 결코 화해하질 않는다
여기 묻힌 수백의 사람들
살은 썩어 물이 되고 뼈는 삭아 흙이 되어도
구천을 떠도는 저 반백년의 怨魂원혼들

몇 마디의 弔辭조사, 몇 번의 씻김굿으로
우리를 달래려 하지만
그렇게 쉽게 굿판으로 풀 수 있는
원한이 아니다

그 날 재갈물린 채 총알에 찢기고 날창에 찔려
구덩이에 생매장된
이 목구멍의 비명은
비 오는 밤이면 상수리 숲속을 돌아다닌다

세상이 바뀌고 강물이 뒤집히고 진정으로
우리들 손을 잡아줄 그 날이 올 때까지
팔다리가 잘리어 일어서질 못해도
결코 화해하는 시늉은 짓질 않겠다

몇 십년 동안 권력을 거머쥐고 살아오면서
그렇게 잔인하게 사람을 죽이고도

어린 아이들까지 문전걸식으로 내쫓은 자들아
인간백정보다 더 징그러운 짐승스런 그 웃음
어떻게 저승길을 찾아오려 하느냐

타협은 살아 있는 너희들끼리의 야합에 불과하다
죽어서 말 못하는 우리를 두고, 그 날처럼 너희들
마음대로 짓이겨 보아라 그러나 우리는
구름 없는 중천을 꺼이꺼이 떠다니는 重陰神중음신보다

땅 속 깊숙하게 어금니를 갈고 있는
아즈도 썩지 않는 목덜미
얼굴 묻은 전중이로 살아있으리라

TV를 보다가

입춘

이렇게 벌써 운동장이 꽉 차는가
그 세찬 바람, 맞받아치며 차고 달려온 사람들
오늘은 물이 오른 팔 다리, 철판의 가슴을 안고
휘몰아치는 얼음 묻은 땅바닥
너가 띄우면 내가 박치기하고 내가 지르면 너는
휘감아 후려치던 어기찬 몸놀림
지난 70년 80년 그 때 끓어 오르던 그 울분과 분노
가눌 길 없어, 요원의 불길처럼 번져 나가던
조기축구회
저 달동네 꼬방동네에서 모여든 우리네 영세민들!
일체의 교만 일체의 비굴은 용납되질 않는 불덩이 같은
공화국
우리끼리 가슴 맞부비며 두리뭉쳐 짓뭉개는 장마당
누가 어둠살을 틈타 발길질하는가, 누가 등 뒤에서
다리를 거는가
그 비겁한 것들 저렇게 어둠에 밀려 도망치는 저들과 함께
멀리 멀리 강마을 건너로 내몰아 버려라
왜놈의 시절 숨죽여 삭혀 왔던 우리네 울분이 몇 십년을
버티다가
7,80년대, 더는 못 참겠다고 박차고 일어난 우리네 가난한
영세민들의 뿌리 깊은 응어리
이렇게 이 찬 새벽 운동장에 섰다

우리네 얼굴

너희들 얼굴을 보면 우리네 일이 생각난다
5·10선거 그 때 그렇게 반대를 하고 저항을 하던 것을
짓뭉개 놓고
들어앉힌 정부는 몇 달을 못가 난리를 맞고
몇 하를 못가 피난을 갔던 그 때를 생각하면
남의 일이라고 함부로 들어가 분탕질칠 일이
아니다
이름이 좋아 독립을 시켜준다며 저네들 입맛에
맞는 것들만 긁어모아 정부라고 세워 놓고
마음대로 주물럭 피땀을 쥐어 짜려 하였으니
등신 아닌 다음에야 백성들이 가만 있을 리 없지
오늘 저 먼 중동땅에 그네들의 腦髓뇌수를 빨아 먹으려고
폭탄을 내리붓고 구둣발로 짓뭉개고 선거를 한다고
잔재주를 부리고 있는 것도 다
저 60년 전 그 때의 그 버릇을 못 고친 탓이리라
그래서 사람들은 폭탄을 가슴에 안고 목숨을
초개같이 버리고
한 놈도 살려 보내지 않겠다고 벌떼같이 덤벼들고 있으니
그것들이 쉽게 손발을 뺄 수가 없지
'아마겟돈!' 악의 뿌리를 뽑겠다며 저네들의 하느님만
믿으라고 하고 찢어발겨 뜯어 먹는 때 묻은 손버릇은
가는 곳마다 불바다가 되고 피의 강을 이루게 되는 것은
너무도 당연하지

모든 게 백성들의 뜻을 따라야 할 일이다
백성의 뜻을 거슬르고는 한 치 앞도 내딛지 못하는
지뢰밭의 땅에서
탱크로 밀어붙이고 헬리콥터로 짓이긴다고
그네들의 저항이 식어지겠나 오히려 요원의 불길처럼
더 번져가고 있으니
꼭 5·10선거 그 때 우리네 몰골을 보는 것 같다
피 말르던 가시나무처럼 죽어가고 있던……

을유년(1945년) 설날

왜정시대 우리에게 설이 두 개 있었다
하나는 왜놈의 설, 하나는 조선사람의 설 두 개가 있었다
그러나 그 해는 누구의 명령인지 모르지만 온겨레가
왜놈의 설은 쉬질 않고 조선설만 쉬기로 작정을 했다
그해 음력 섣달 그믐날 삼천리에는 온통 함박눈이 내렸고
남도 땅에선 눈은 점차 비가 되어 설날 아침에는 처마 끝에
낙수물이 주룩 주룩 떨어지고 있었다
풀 냄새 풋풋한 두루막을 걸친 집안 어른들이 차례청으로
모여들 때 나는 제사를 뒤로 하고 학교로 달려가야만 했다
학교에서는 제사음식이며 명절놀이까지 눈에 어른거려
통 마음을 잡을 수 없는데
조선인인 선생마저 괜시리 교탁 앞만 왔다갔다 하는데
그 때 갑자기 주재소에서 '웽' 하는 사이렌 소리가 났다
누구의 장난인지도 모를 그것도 경계경보가 아닌
공습경보의 다급한 '웽 웽' 소리가 났다
마음 어수선하던 선생님도 '이때다' 싶어서인지
"자 그만두고 모두 집으로 돌아가라"고 학생들을 내쫓았다
"이게 무슨 떡이냐" 신바람이 나서 십리길을 한숨에 달려
집으로 돌아오니
우리 집 중방에는 방안 가득 마을 청년들이 모여 있었다
술이며 떡이며 안주들을 푸짐하게 차려놓고 싱겁을 떨다가
돌림버기 노래들을 하고 있었다
'나그네 설움' '낙화유수' 이제는 흘러간 옛노래가 되었지만

당시는 유행가였던 그런 노래들을 부르고 있었다
언제 왜놈의 총알받이로 끌려갈지 모르는 목숨
또 다시 설날을 고향에서 쉴지 모르는 목숨
마음이 마음을 불러 일으켜 모두 한 가락으로 술상을 두드릴 때
"성은 허물어져 빈 터인데" 하나 둘씩 미치기 시작하더니
"나는 가리로다 정처없이" 에서는 방안이 온통 눈물바다를
이루었다
1절 2절 3절이 끝나도 또 다시 '황성 옛터' 를 시작하는
고래 고래 고함소리에 마당에는 마을 사람들이 모여들어
측은해 하기 시작하고 툇마루에서 노래를 듣던 나는
나도 모르게 눈물을 흘리고 있었다

산허리를 지켜보며

이 닳은 산자락을 파헤쳐 놓고
이 프른 산허리를 잘라 놓고
무엇들을 하려는가
하수관을 묻고 아스팔트를 까는 걸 보면
또 서로 도로를 내려는가 보다

벌써 강마을에는 호텔이며 카페가 들어서고
거기 살던 원주민들은 산비탈에도 발을
못붙이고
도시의 변두리로 쫓겨 나가는 천지개벽 속에

지방의 유력자와 서울의 돈쟁이들이
땅을 사고 길을 내주고 서로 서로 땅값을
올리려고 짜고 치는 노름판에 돈을 대는
우리네 정부

있는 놈은 천정부지 부자가 되어 달나라로
날아가고
없는 놈은 날개가 꺾이어 나락으로 떨어져
지옥으로 가는 길목에 서서
오늘도 산기슭에서 으르렁대는 저 불도저의
소리를 듣는다

TV를 보다가

개가 케익을 먹는다
남들은 도시락도 못싸 점심을 굶는다는데
내 손자들도 생일날에나 겨우 얻어 먹는
그 귀한 음식을
그것도 영양가가 듬뿍 든 전문 케익점에서
맞추어 온 것을

그 개와 노는 애들은 무엇으로 빚은 애들일까
금으로 빚은 애들일까 다이아를 박은 애들일까
개만도 못한 인간들이 사는 나라
대대로 물려가며 가난해야만 하는 원죄의 인간들

있는 것들은 켜켜히 쌓여가는 돈더미 속에서
개기름이 흐르고
없는 놈들은 양파 껍질 벗기듯이 날이 갈수록
헐벗어가는
아직도 수탈과 착취가 있는 땅

그런 것들을 텔레비에 방영하는 대한민국이
싫어
무엇인가 본때를 보여줘야 하는 불끈한
분노 함께
죽어도 아이들은 돼지 새끼처럼 키우지 않겠다

이 산자락

이 산자락에 만일 그린벨트가
해제된다면
딱지 딱지 들어앉을
러브호텔이며 모텔들을
들어앉고 들어앉고 또 들어앉는 것은
그 만큼 간 큰 인간들이 많아서 그럴까
아니면 썩어 문드러지도록 버려둬서
그럴까
남들은 도시락을 못싸 점심을 굶는다는데
남들은 쪽방 동네에도 못 들어가
길바닥에 나앉는다는데
그네들은 만나기만 하면 손잡고
거길 찾아가는 것은
아직도 세상이 살기 좋아서 그럴까
아니면 아직도 썩을 것이 덜 썩어서 그럴까

뉴타운

이 넓은 땅바닥에 무엇이 들어설까
더구나 검은 손아귀에 들어간 땅덩이에
아파트가 들어서고 찜질방이 들어서는
예배당이 들어서고 노인정이 들어서는
더러는 눈가림으로 임대아파트도 지어주는
흙바람이 부는 땅
약삭빠른 집주인은 이 판에도 장난을 쳐
평수를 늘리고
힘 없는 세입자들은 임대도 못 들어가
저 멀리 쪽방 동네로 쫓겨 나가는
버림받은 이 세상
있는 놈들은 배꼽에 기름이 끼어 약은 꾀만
늘어가고
없는 놈들은 기름이 빠져 더더욱 헐벗어 가는……
그것들을 모른 체 외면을 하고 있는
내 나라 대한민국이 싫어, 꿈에라도 보기가
싫어
이대로 가다가는 머지 않아 세상이 뒤집힐 거라는
심상찮은 소문 함께
골목과 골목에서 번득이는 저 눈들을 보라

우리들의 죽엄에 대하여

우리들의 죽엄에 대하여 이렇다 저렇다
말들을 말라
무슨 낌새를 느꼈다 무슨 말들을 들었나
낯익은 얼굴들이 부쩍 돌아다닌다
그렇게 모질게 못 살게 굴더니
그렇게 매몰차게 박대를 하더니
세상이 바뀌었다고 그러나
지은 죄가 무서워서 그러나
이제 와 징글맞게 화해를 청하다니
시방 들판에는 들불이 시뻘겋게 일어나고 있다
갈대밭에는 강물이 시퍼렇게 뒤채이고 있다
일체의 불의는 불태워 버리고 일체의 부정은
휩쓸어 버리라고
전국 방방곡곡 촛불의 행진은 그칠 줄 모른다
그러나 왜곡과 날조에 이골이 난 인간들
언제나 양지쪽에서 해받이를 하다가
때만 되면 어느새 앞장서서 깃발을 흔드는
얼룩덜룩 현란한 빛깔의 저 거리의 인간들
역사는 그것들을 가려내라고 우리들에게
칼을 주고 쇠스랑을 주고 접낫을 주었다
썩은 창자는 진작 도려내야 한다
해방 그 때 한 줌도 안 되던 逆意역의 무리들이
뒷날 대세를 휘어잡고 나라의 운명을

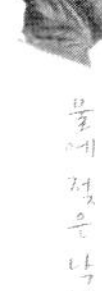

쪽박냈듯이……
지금 저것들은 화해를 미끼로 너희들에게
흥정을 걸고 있다
더 이상 도망갈 구멍이 없고 더 이상 몸 숨길
그늘이 없어 사이비가 탈을 쓰고 필사의 반격을
시도하고 있다
그러나 그것은 너희들의 몫이 아니다
그 날 총알에 찢기어 칼날에 찔리어 죽어간 우리들
밤마다 그 산비알을 헤매고 있는 우리들
두고 두고 받아내어야 할 서슬 푸른 목숨의 값
아직도 눈감지 못하는 우리들의 몫이다

다시 황룡산에서

아직도

그 날 그 산기슭에서
총알에 꺾이어 구덩이 속에 처박혔을 때
위에서 내리찍던 총검과 날창들은
저승에 사는 오늘까지 가슴뼈가 뻐개어진다
그러고도 모자라 어린아이 업고 솔권하여
뒷재를 타넘었던 야반도주
고향을 떠나 한평생 객지를 떠돌면서
손주놈들까지 노동판에 끌려 다니는 도장 찍힌 인간들
어떤 伸冤신원이던 다 말하라는 대명천지 밝은
세상이 되어도
빼앗긴 우리네 세월은 누가 찾아주고
이 오랜 굶주림과 절망의 눈물은 누가 닦아주며
대를 물려 헐벗겨 온 뿌리 깊은 虐行학행은
어떻게 원수 갚아야 하나
이제 애비 죽인 원수도 용서를 해야 하는
일체의 과거는 묻지 말고
두리뭉쳐 한 곳으로 매진하자는
너희들의 속내는 알고도 남는다
그러나 그것은 너희들의 몫이 아니다
억울한 자 당한 자들이 손 내밀고
너희들의 자손들이 고개숙일 때 진정한
화해가 찾아오듯이
그것을 위해서 일체의 과거는 밝혀내야 한다

고불봉의 전설

그 날 그 산기슭에서
총알에 뚫리어 꺾어졌을 때
노을 깊은 하늘을 가마귀떼가 돌아다니고
지켜보는 마을 사람들은 죽더래도
강철같이 죽어가라고
꼭 다문 그대로 말이 없었다
그 날 아침 사람의 피를 마시고 왔다는
왕방울 눈알의 그 부대장은
채찍을 휘두르며 길길이 날뛰고 있고
下手人하수인들은 겹겹이 쌓인 屍身시신 속을
피 묻은 총검으로 들쑤시고 있었다
여기 누가 그런 謝肉사육의 광란을 저지르게 했나
거머잡은 권력을 틀어쥐기 위하여
피바다가 되더래도 저항하는 풀뿌리는
짓뭉개라 했다 때문에
일체의 虐行학행은 흔적이 없어졌다
사실 으리는 억울했다
눈 똑바로 박히고 똑똑한 친구들 모조리
산으로 올라가고
세상을 몰랐던가 지은 죄가 없다 하여
마을어 남아있다가
경찰서 유치장에 잡혀가, 본때를 보인다며
끌려 나와 총알받이가 된 그 산비알에

아직도 수습 못한 뼈다귀들은
달없는 밤이면 끼리끼리 모여앉아
수근대고 있다
그 당시 어느 산천엔들 그런 일이 없었겠냐만
33인을 닮아 서른 셋의 목숨을 앗아간
그 아수라의 장난을 역사는 한 줄도
적어 놓질 않았다
아니 외면을 했다
인간백정, 그 왕방울 눈알의 부대장은
그 후에도 그 숱한 行虐행학을 저질러 그 때문에
경찰국장 치안국장 온갖 영화를 다 누려도
지은 죄가 무거워
사십을 못 넘긴 비명에 죽고
그래도 역사는 그것들의 만행에 뿌리를 두고
왜곡과 날조 오늘까지 더러운 목숨줄을
연명하고 있다
이제 세상이 바뀌어 억울한 伸寃신원이면 무엇이든
받아주는 대명천지가 되어도
아무도 나서서 그 일을 입에 담지 않는 것은
아직도 세상이 못 미더워서 그럴까
아직도 그럴 날이 아니라서 그럴까
누가 여기 우리의 손을 잡아다오
그리고 우리가 왜 죽어야 했는지 이야기해 다오

그 날 우리는 줄줄이 묶이어서 죽어갔기 때문에
죽어서도 이 집 저 집 마실들을 못 다닌다
그리고 뿔뿔이 흩어져 묻혀 있기 때문에
제삿날이 되어도 한 자리에 모여 앉을 수가 없구나
누가 이곳에 우리들이 떼죽음을 당했다는
팻말이라도 세워 준다면
해마다 그 날이 오면 멀리서라도 꾸역 꾸역 모여들어
피 토하게 원통한 그 이야기나 주고 받고
다시는 그런 참극 뿌리 뽑아야 한다고 다짐하면서
돌아가는 세상꼴이나 지켜보며 살아가야지……
그리고 화해라는 것도 그렇다
일체의 진실이 밝혀지고 난 뒤 피해자가 손을 내밀 때
진정한 화해가 이루어진다는 것을
그 날 지켜보던 눈들은 말하고 있다

    *고불봉은 경북 영덕 앞에 있는 산이고, 왕방울부대장은 나중에
    치안국장이 된 김종원이다.

다시 황룡산에서

우리들을 이 땅 굴 속에 생매장해 놓고
너희들은 그 곁에 골프장을 만들고
기도원을 지었다
온갖 잡것들 다 불러놓고
자치기를 하다가 찬양을 부르고
찬양을 부르다 날궂이를 하는
"너희들이 따라 나선 나라보다 더
좋은 나라 대한민국"을 위하여
저렇게 자가용이 꼬리를 물고
피칠한 입술에 밑도리를 다 드러낸
여편네까지 튀어져 나온다
한 편에선 땅 속에서 신음하고 있는데
지은 죄를 덮으려고 도저로 地神지신을 밟고
뼈마저 바스러진 우리들은 울음마저
마음껏 울 수도 없다
지노귀라도 하는가 손뼉을 치고 찬양을 하는
실성한 인간들에게
하느님은 접낫 전기톱을 건네주고
오늘도 그 날처럼 웃기만 한다

애비는 종이었다

애비는 종이었다
자식놈의 등록금을 위하여
큰 대문집 행랑채에서 기다리고 있는 동안
안마당에는 싸락눈이 내리고

애비는 종이었다
자식놈의 취직 위하여
쌀가마니를 내려놓고 대문이 열리도록
기다리는 동안
싸락눈은 함박눈으로 짓물어가고

애비는 종이었다
자식놈의 등교를 위하여
남의 차에 곱살을 끼어 한강을 건너는 동안
자식놈은 말없이 강물을 지켜보고
함박눈은 진눈개비로 녹아 내렸다

애비는 종이었다
먼 훗날
자식놈이 자식놈의 등록금을 위하여
뛰어다니고 있는 동안
진눈개비는 봄비가 되어 보도를 적시고
그것들은 얼마나 뜨겁게
애비들의 종살이를 뉘우쳐 줄까

거리에 서면

이렇게 은행잎이 무더기로 쏟아지는 것은
어서 빨리 달력장을 넘기라는 뜻이다

이렇게 높새바람이 거리를 휩쓰는 것은
이 해도 하루 빨리 지내가란 뜻이다

탄핵과 헌재 그 소용돌이 속에서
민생은 냄비뚜껑처럼 바람에 날려가고
하루하루는 바닥난 주머니에
목줄을 매달아 살아가고 있는데

정치는 반공중에 떠다니고만 있고

사람들은
혁명을 위하여 쿠테타를 위하여
촛불을 들고 머리띠를 둘르고
거리가 꽉차게 모여들고 있다

싸이렌

싸이렌이 분다
그것들이 물러간 뒤 한때 뜸했던 그 소리가
뜨물 같은 가을날, 가슴이 철렁하도록
호들갑을 떤다

오십여년 전 '抗空항공' 을 외치며 뛰어들었던
대피호의 그 소리
사십여년 전 효자동 어귀에서 총소리를 가리려
불러제끼던 그 소리
그리고 몇십년 전 밤하늘에서 불빛을 찾으려고
血眼혈안이던 그 소리
모두가 하나같이 틀어잡고 다그치기 위한 찢어지는
그 소리

이제 겨우 골목을 빠져 나와 보니
노란 완장이 설쳐대는 대낮
몸 가릴 곳 없는 탁 트인 행길에 서서
아, 참 그렇지 오늘이 바로
그 민방위날이란 것을

그러나 저렇게 서슬퍼런 저것들도 연습해제의
싸이렌이 불면
덮어 썼던 모자며 차고 있던 완장을 주머니에

쑤셔박고
베드로처럼 베드로처럼 시침따고 사람들 속에
파묻히던 것을

김대두 시집

그 해 추석

엉겅퀴야 엉겅퀴야

철원평야에 바람이 분다
상허 이태준이 불어주는 높새바람이 분다
엉겅퀴야 엉겅퀴야 한탄강변 엉겅퀴야
살더래도 나처럼 살지 말고 죽더래도 나처럼
죽지 말라며
피울음 섞인 높새바람이 분다

기러기가 날아간다
남에서 북으로 북에서 남으로
지네들만 아는 군호를 보내면서
엉겅퀴야 엉겅퀴야 철원평야 엉겅퀴야
우리는 울면서도 휴전선을 넘나들지만
하늘가의 그 귀신은 언제쯤 넘어올까

별이 반짝인다
높새바람은 그치질 않는다
하늘마저 물을 먹었는지 별들은 오직
희미하게 떨고만 있다
엉겅퀴야 엉겅퀴야 뿌리 뽑힌 엉겅퀴야
뿔뿔이 흩어진 이 고장 사람들
어덴가 처박혀 살아도 목숨만은 살아다오

어찌 살아 생전 꿈들이야 꾸었겠느냐

저렇게 살풀이를 하고 씻김굿을 다 하다니
엉겅퀴야 엉겅퀴야 뿌리 깊은 엉겅퀴야
그 날은 온다 반드시 오고야 만다는
천근 같은 마음으로, 먹구름이 덮인 이 산야
살아다오
나보다 더 모질게 살아만다오

그 날이 오면 마을마다 고을마다
꾸역꾸역 돌아오는 고향 사람들
뿔뿔이 흩어져 숨죽이고만 살았던 가위 눌린 세월
그 세월의 한풀이를 위하여
들머리에 높다랗게 깃발 세우자
그리고는 걸판지게 들놀이를 하자꾸나

그 뒤의 당신 소식

당신 이야기를 하면 왠지 가슴이 설레인다
학생들은 당신 이야기에 밤 새는 줄 모르고
선생들은 '문장강화'를 필독의 책이라 했다
그러나 당신은 몸부빌 땅뙈기 하나 없던
남에서 쫓겨나고 북에서 시달렸던
분단의 희생자 휴전선의 重陰神중음신
어느 지방 인쇄소의 문선공으로 일한다는 것이
마지막 소식으로 남아
아직도 살아 있기만을 바라는 우리 시대 사람들의
가슴 속에 별처럼 살아 있는
영원불멸의 사랑
내일 모래는 당신의 고향집 앞마당에
문학비를 세운다고 채비를 서두르고 있는데
거기 가면 혹시
그 뒤의 당신 소식 들을 수나 있을까

영원한 경계인

(이태준 선생 문학비 제막에 부쳐)

해방 있던 그 때
학교에서 우리 말 우리 글이 다시 살아났을 때
읽을 거리가 없어 목말라 했던 우리들에게
당신은 새벽을 알리는 샛별이었습니다

陰貧을빈한 왜정시절
‘달밤’과 ‘가마귀’로 힘없고 가난했던
우리들을 위로하고
해방 다음에는 ‘농토’를 통하여 새 공화국의
아침을 노래했던
우리 문학사에 영원불멸이어야 할 당신

그러나 실상은 불행했던 당신
남에서도 미워하고 북에서도 싫어했던
왜정 36년보다 더 지독했던 분단 오십년
그래서 이래저래 쫓겨다니다 생사마저 불명한
우리 시대 영원한 境界人경계인

그것은 당신의 고향이 말해 주듯이
높새바람이 지독히 부는
철조망이 가르지른 황토의 휴전선에 있는

아직도 경계인인 이 나라의 후학들이 청명한 가을날

하루 해를 잡아
산자수명한 고향집 앞마당에
뼈 아팠던 당신 인생의 가닥들을 돌 위에 새겨
그 이름 석자를 남기려 합니다

이제 남도 북도 묵은 원수는 하나씩 잊기로 하고
지나간 날 후회하며 손 마주잡는 날 멀지 않은 이때
당신처럼 행불이 된 억울한 생령들을 위하여
이런 조촐한 잔치는 줄을 이을 것입니다

그 때 당신은 그네들이 그어놓은 경계선을
짓뭉개 버리고
통일된 강토 그 넓고 든든한 뜨락 위에
우람한 거목으로 거듭 나소서

베드로를 닮아가는

그네들이 뒷재에서 봉홧불을 들었을 때
너희들은 지서로 달려가 누구누구를
고자질했다

그네들이 병원에서, 신비알에서 행불된
시체를 찾으려고 헤매고 있었을 때
너네들은 호텔 한복판에서 그 누구를 위한
조찬기도를 올렸다

미국인의 밀가루에 묻혀 들어온 하나님을
믿는 너희들
그러나 예수를 처형한 유다야를 닮아가는
음험한 눈빛

배신과 밀고 아첨과 찬양
그것은 하느님이 지져 놓은 너희들 이맛전의
불도장이다
때문에 끼리끼리 뭉쳐 사는 게 피보다 무서운
목숨줄이라 한다

오늘도 무리 속에 파묻혀 하나님을 위하여
치켜든 주먹들
언제 배신한 베드로를 닮아 걸레쪽을 걸치고
골목 속으로 사라져 갈까

전방에서

참호 속에서 드러내는 병사의 얼굴은 검정칠을 해도
투실투실하다
50년 전 내 모습과는 판이하게 다른 얼굴이다
그 때는 부황든 낯짝에 걸레쪽 같은 군복을 걸친
개도 그 똥은 먹질 않는다는 쌍팔년도 군대
많지 않은 군량미는 전방까지 오는데
추럭마다 가마니마다 철모로 축을 내니
고지의 병사들은 소금 묻은 주먹밥으로 세 끼를 채웠다
숱한 젊은 놈들 잡아다 놓고 배곯리고 헐벗기며
수자리를 살리면서 저네들은 피둥피둥 살들만 쪘으니
그 많은 죄의 값을 어떻게 갚을려고……
그래서 누구는 전쟁이 나면
돌아서서 후려갈겨 확쓸어 버리겠다고
벼루었던 그 세상이
아직까지 탈이 없이 지내왔던 것 생각하면
저쪽 친구들이 못나서 그러기보다
腐爛부란하는 구더기떼
뒷날 더 화끈한 본때를 위하여 저렇게
시침따며 기다리고 있겠지

작은 이야기

얼마간이냐
이렇게 마음 놓고 마주앉은 것이
그렇게 지독하게 뒤를 밟더니
그렇게 한밤중에 사람을 잡아가더니
6·25 때 뿔뿔이 흩어졌던 덕택에
용케도 살아남은 너와 나
세월이 약이라서 그런지 고향 가마귀가
좋아서 그런지
그 원한도 저주도 모두 빛바래어
이렇게 마주앉은 것이 반갑기만 하는
아비 죽인 원수까지 용서를 해야 하는
불덩이 같은 공화국 벅찬 행렬 속에서
일체의 과거는 묻어 버리고
이제 남은 힘이나마 한 곳으로
집중해야 하는
그래서 사갈시 했던 그 세월이
한없이 부끄러워지는
우리 인생의 자그마한 그 이야기

어떤 친구

아직도 살아 있었던가
어두웠던 그 시절
그것들한테 빌붙어 온갖 行虐행학
密告밀고를 하고 僞證위증을 했다가
때로는 더러 물고문도 대신 했던
때문에 주렁주렁 훈장을 달고
목에 힘주며 돌아다녔던 그 친구

지금쯤 어느 골방에 처박혀
멋 모르고 날뛰었던 젊은 날을 후회해야 할
나이에
길거리에서 머리띠에 어깨띠를 두르고
행렬에 앞장섰던
우리 시대 도저히 구제불능이어야 할
그 친구

지금 들판에는 들불이 시뻘겋게 휘몰아오고
강물도 선연하게 뒤채이는 대낮
일체의 과거를 따져 보자며 그리하여
불덩이 같은 공화국을 세워 보자며
인터넷에서, 촛불 집회에서 부르짖는
젊은이들한테 주먹을 쳐들다가

해 저무는 저녁
남이 볼까 슬쩍 깃발을 버리고
비실비실 골목 속으로 사라져 가는
머지 않아 박물관에 박제로나 남아 있을
우리 시대 영원한 극우파
구제불능 그 친구

그 해 추석(1945년) · 1

추석이 가차와지면
장마당엔 백옥 같은 햅쌀이 쏟아져 나오고
지천으로 널려 있는 울긋불긋 햇과일들

마을마다 연극 연습에 열들을 올리고
아이들은 끼리끼리 모여앉아 새노래를
배운다

올해는 일기가 좋아 풍년이 들고
그동안 미루었던 딸년의 혼사를
서둘러야겠다

징용갔던 사람들 피난갔던 사람들
거반 다 돌아오고
마을에는 때 아닌 함박꽃이 피었다

좌우가 없는 세상
누가 우두머리가 되든
우리 손으로 만들어질 정부만 있다면……

그래서 마을마다 원회가 생겼다

우리끼리 두리뭉쳐 살아가는 세상

마음간 먹으면
무엇이든 두려울 게 없지

엊그제 읍내에 점령군이 들어와도
사람들은 내일 모레
해방기념 축구대회를 열고
여자들은 새 들로 들구경을 나간다

그 해 추석(1945년) · 2

둔치에 돌자갈을 걷어내고 골대를 세웠다
개울 건너 천방에는 인근 동네 부녀자들이
구름처럼 모여섰다

해방기념 축구대회
위원장의 인사말이 끝나고 시합이 시작되었을 때
만국기 아래서는 촌로들의 즐거운 술판이 벌어지고
감나무 그늘에는 풍물패가 모여들었다

끌려갔던 사람, 잡혀갔던 사람들로 꾸며진 선수들
축구화가 없어 '자가다비'를 신어도 물이 오른
팔다리들
공은 높게 하늘로 치솟고, 황소처럼 차고 달리는
어기찬 사람들

이젠 그 누구도 우리를 간섭할 수 없다
억압과 착취 가슴 속에 뭉개어 왔던 울분과 분노는
가을 하늘 멀리멀리 걷어차 버려라

얼마만이냐 이렇게 모두 모여 축구를 한다는 것이
두 사람만 모여도 수상쩍다며 잡아가던 세상에서
우리끼리 웃고 잡고 뛰어노는 신나는 세상
꿈에라도 한 번 생각할 수 있었던가

그러나 알고도 모를 일이다
저 꺼덕지고 씩씩한 젊은이들 속에서
뒷날 태반이 행불로 처리되어 돌아오지 못하는
길목에 섰다는 것이

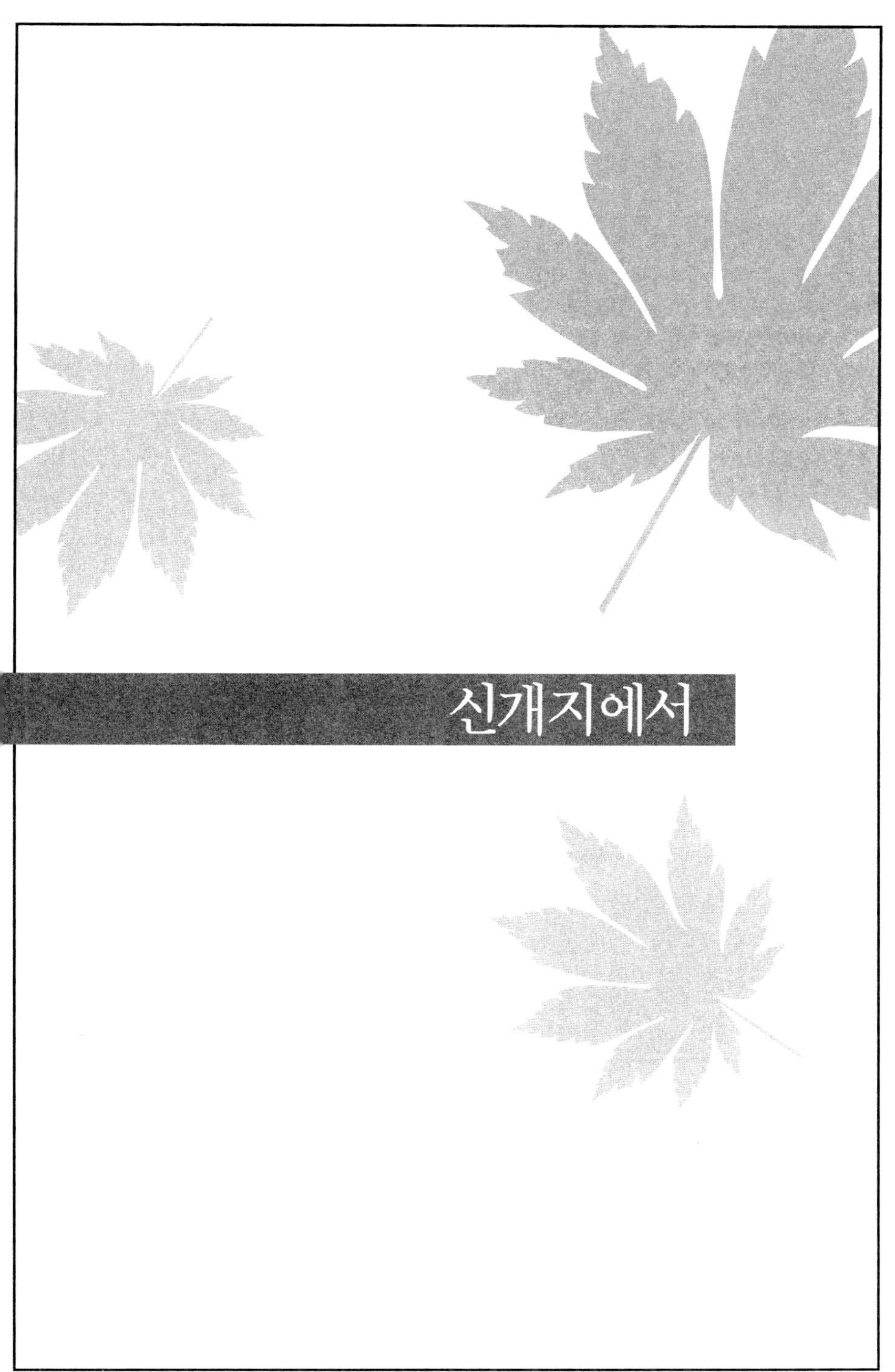

신개지에서

우화

보안법을 없애면 어떻게 될까
불고지죄가 없어 간첩들이 날뛰고
고무 찬양죄가 없어 아무나
길거리에서 만세 부르는
붉드그레한 세상

보안법을 없애면 무엇에 쓸까
그 이름 아래 걸어붙여 휘둘렀던
물주전자며 쇠파이프들, 그리고
비까번쩍 그 훈장은
뒷곁에서 시커멓게 녹슬어 가고……

보안법 다음에는 무엇이 올까
그동안 웅크리고 숨죽여만 왔던
그 많은 사람들
일시에 들고 일어나 해묵은
앙갚음이나 하러 들지 않을까

사냥개가 있으면 사냥감을 만든다
눈에는 눈, 코에는 코
켜켜이 쌓여가는 뿌리 깊은 원한들……

그 날이 오기 전에

꿈마다 나타나 가위 눌르던 그 귀신
모두가 뜨겁게 불달아 올랐을 때
화끈하게 때려잡아 걸어치울
일이다

화해

싸리꽃이 필 때면
문득 고향 생각이 난다

벌초도 끝나고
성묘철이 가차워지면
들에는 누렇게 곡식들이 익어가고
과수원엔 투실투실 살이 찌는
주먹 같은 열매들

이맘때쯤 더더욱 그리웁게
생각나는 것은
해방 있던 그 때
이제는 빼앗아 갈 놈들도 없다며
마음껏 펼쳐 놓은 장마당
울긋불긋 햇과일하며 눈에 부신 햅쌀들

그 해는 시절도 좋아 풍년마저 들었다며
화안한 웃음 속에
무엇엔가 들떠있던 고향 사람들
모두 흙으로 돌아가고

그 때
원수처럼 등을 지고 살았던 사람들

지금쯤
저승의 어두운 술청에 앉아
마당귀에 피어 있는 꽃들을 보며
모두가 먹물 같던 그 세월의 탓이라며
서로 서로 어깨 두드리며
화해하고 있을까

어떤 상청에서

너무나 젊은 죽엄이라서 그러나
상청에 노래 소리가 들린다
찬양하는 노래도 아니면서
꽃상여가 진달래 꽃동산을
넘어가는 애잔한 소리
피리 불고 가신 님을 따라가는 소리
향불은 조용히 피어 오르고
물 묻은 얼굴들이 흐느끼고 있는데
노래는 겨우겨우 숨을 넘긴다

신개지에서

그 좋은 숲들을 마구 파헤쳐 놓고
대신 타워클레인이 숲을 이룬다

학교는
공사판을 위하여 입구를 막고
아이늠들은 흙먼지를 피하여
옆문을 비집고 다닌다

누가 여기 아파트를 짓도록 허가를
했나
가뜩이나 돈이라면 무덤까지 갈아뭉갤
살벌한 인간들에게

그런데도 무슨 빽이 있는지 예배당은
끄떡없이 영업을 하고 있으니
알다가도 모를 일이다

모두가 다 끼리끼리 짜고 치는
고스톱판이던 것을

그 집

우린 다신 돌아가야 하는가
은성한 불빛
물에 젖은 유행가가 차고 넘치는
질척한 골목으로

쪽문을 열고 돌아서면
자욱한 담배 연기 속
생선 굽는 냄새 부침개 부치는 냄새
코를 찌르고
저쪽 구석에서 어느 친군가
손을 흔든다

얼마만이냐
이 집을 찾아온 것이
아프다는 핑계로 외면을 하며
지나쳐 버린 게 또 몇 해만이냐

주변이 헐리고
모든 것이 뒤집혀 버린
천지개벽 속에
그래도 끈덕지게 남아 있는 집

얼마나 마음 든든한 일이냐

정은 원래부터 묵은 정이 좋고
술맛은 예부터 아는 집이 좋다는데

저만치 술청에선
셈을 하던 주모가 눈인사를 한다

신원면의 추억

그 날
그 넓은 들을 둘러싼 마을마다
깃발들이 오르고
꾸역꾸역 몰려 나오는 마을 사람들

오늘은 장마당에서 만세를 부르고
우리의 결의를 다시 다짐하는 날

일체의 반동은 누구의 손을
비릴 것도 없이
일체의 반역은 우리들 손으로
뿌리를 뽑는

그래서 거머잡은 쇠스랑
다잡은 도끼날에 묻어나는
주먹 같은 살점들을

뼈개지는 두개골 쏟아지는 뇌수는
피의 강을 이루고
널브러진 시신 속에
깃발은 더더욱 선명하게 빛이 나는

그 날이 오지 않는다고 누가 장담을

하랴

분명한 것은 물은 언제나 밑으로
흐르고
역사는 반드시 돌고 돈다는 것을

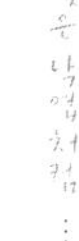

황룡산에서

아파트단지 저 너머 임진강이 흐르고
그 너머 장단반도가 달리고 있고
그 위 구름 속에 우뚝 솟은 산
송악산아

그 자락에 고풍스런 기와집들이
옹기 종기 모여서 살고
애들은 학교에 가고 어른들은
일터에 나가는
평범한 삶의 터전

선죽교와 만월대는 이끼 묻은
돌옷을 입고
풍상 많은 세월을 이야기하지만

요즘은 공단이 들어선다는 소문과 함께
불도저며 클레인 같은
중장비들이 들판을 메우는 소리에
한껏 가슴 부푼 사람들

거기에는 여기처럼
부동산 투기는 없겠지
하기사 네 땅 내 땅 없는 그곳에

투기할 틈새가 있을 리 없지

그러나 여기 사람들은 다르단다
틈새가 없으면 물어뜯고 찢어발겨
틈새를 만든단다 그래서
지독하다 못해 징글맞기까지 한단다

이젠 돈이 아니라 투기 때문에
두 눈이 뒤집혀 여편네까지
밤잠을 설치는 중독된 인간들

언젠가 통일이 되는 그 날
그것들 때문에 거기도 여기처럼
사막이 되고 정글이 되는 막가는
그 세상이 제일 두렵단다

속초를 지나며

이 길 이대로 가면
원산 송도원에 다다르겠지

끝이 없는 솔밭 사이
늘어나는 백사장
금강산을 넘어서도 이어지겠지

거긴 어느 날
햇볕에 그을린 건강한 사내들과
달덩이 같고 꽃봉이 같은
잘난 아낙네들이
평화와 우애를 다짐하면서
마음껏 청춘을 노래하겠지

때문에 그 날
휘몰려 내려온 피난민들은
요즘 부쩍 잠들을 설친다는데

덩달아 놀러온 우리들까지
그 날을 생각하면
그만 여기 눌러앉아

그 날이 올 때까지

물 좋고 산 좋은 이 고장에서
컬컬하면 생고기 물회로
속안을 다스리고
허전하면 더덕찜, 약백숙으로
몸보신하면서

그 날이 오면
오늘은 금강산, 내일은 설악산
죽장망해
팔자 좋은 늙은이로
살아가고 싶어라

그 친구

내 어릴 때 그 친구
8·15때 귀환동포로 바다를 건너왔던
우리 말이 서툴다고 모두 놀려댈 때
놀리지 않는다고 나를 좋아했던 그 친구

6·25때는
남으로 밀리는 다리 위에서
바다로 끌려가는 보도연맹 어느 친구를
지켜보면서
눈물, 지긋이 어금니를 깨물었던 그 친구

수복 후에는 행방불명이 되었다가
휴전 임시에는 일본으로 밀항하여
와세다대학에 들어갔다던
머리 좋고, 언제나 통일만을 생각했던 그 친구

희한한 일은
그로부터 몇해 후
우리 학교 우체통에 엽서 한 장 집어넣으며
"서울까지 왔다가 너를 못보고 돌아간다"고
그 사무랍던 시절, 위험까지 무릅쓰고
나를 찾았던 그 친구

지금은 벌써 일흔이 가까웠을 그 친구
한 때는 그 무엇에 미쳐 치열한 삶을 살아오다가
이제는 어디선가 조용한 노후를 보내고 있을
우리 시대 역사의 불꽃이었던 그 친구

더더욱 부끄러운 것은
그렇게 자주 일본을 드나들면서
보고는 싶어도 세상 눈이 무서워
언제나 동경에서 그만 발길을 되돌렸던
내 못난이 짓이
이 좋은 세상, 맑은 태양 아래
이렇게 낯뜨겁게 뉘우쳐올 줄이야

이번 추석에는 고향을 한 번 찾아올까
온다면 나도 고향까지 내려가
그 다리 위에서, 그 축항에서
먹물 같던 그 때를 얘기하면서
술이나 실컷 퍼 마셔 볼 일이다.

물에 젖은 낙엽처럼

물에 젖은 낙엽처럼

황량한 그 얼굴을 생각한다
엉성한 머리카락 곱이 낀 눈자욱
핏기는 가셔도 弑意시의는 남아

평생을 전쟁터에서 살아 왔다 하지만
그대, 늙음은
드러나도 너무나 거칠게 드러났다

自由자유와 愛國애국의 이름 앞에
걷어붙여 휘둘렀던

물주전자며 몽둥이들은
뒷결 깊숙하게 신음하고 있고

줄줄이 매달렸던
그 때 그 훈장들은
장롱 속 시퍼렇게 녹쓸고 있지만

아직도 꿈속에서까지 치를 떠는
相殘상잔했던 그 때의
가위눌린 손버릇이여

이젠 조국도 외면하는 이 강가에 앉아

番犬번견도 走狗주구도 아니면서
미쳐서 날뛰었던 먹물 같은 그 세월을
얼마나 뉘우치며 살아가야 하느냐

언젠가 동포와 동포가 화해를 하고
형제가 형제를 감싸안는 날
일체가
물에 젖은 낙엽처럼 가라앉을 때

그 날을 위하여
너희들도 이제는
그 검은 깃발은 내려야 한다

새벽에 쓰는 편지

얼마만이냐 너의 이름을 이렇게
마음 놓고 부를 수 있다는 것이

그 뜨거운 속내는 어디로 가고
지켜본 세월
온통 그것들의 게거품 속에서
춤을 추던 너

때문에 자유라는 이름으로
철저하게 썩어 문드러지고
애국이라는 이름으로 나라까지
팔아 먹던 그 때

더러는 끌려가 병신 되고
더러는 돌아오지 못한 사람들 속에
용케도 살아 남은 너

이제 남루 같은 그 껍데기는
벗어 던지고
불덩이 같은 속마음, 그 진실을
드러내야 한다

내가 작심하고 찾아갔던 땅

거기도 하늘은 맑기만 했고
사람들은 그 날따라 훤하기만 했다

더위 잡은 손목으로 핏줄은
다시 펄떡이고
마주보는 눈 속에는 분명
해방, 그 때의 감격이 출렁이고 있었다

내가 알아서 한 일
그리고 누군가가 꼭 해야 할 일

이제부터 책임은 우리가 져야 한다
누구의 눈치, 누구의 꼬드임도 신경 쓸 것 없다
그들의 속내는 알 만큼은 안다

기다렸던 세상, 밝아오는 새벽
정의로운 일, 자랑스러운 일
뚝 부러진 결단으로 밀어붙여야 한다

누가 발목을 잡고 있느냐
누가 등 뒤에서 혓바닥을 놀리고 있느냐
양지쪽에서, 받아만 먹고 살아온
기득권자들

너희들도 이제는
일체를 버려야 한다
그동안 그것들의 음덕에 빌붙어서
배부르게 실컷 잘 살아왔지 않았느냐

아직도 그 날이 그립겠지만
세상이 바뀌었다
다시는 그런 날이 돌아오지도 않고
돌아와서도 안 된다

세차게 뒤척이는 저 강물의 소리가
들리지 않느냐
뜨겁게 지켜보는 저 소리 없는 함성이
들리지 않느냐

IMF도 무섭기는 했다
때문에 그것들이 눈치를
봐야 한다고?

그러나 그 악몽의 세월을 기억하는가
형제가 형제의 세력을 물어 뜯고
친구가 친구의 명치 끝을 겨누었던

그 치욕의 유산을 자라나는 저것들에게
물려줄 수는 없다

대신 우리 서로 일체를 훌훌 털어 버리고
그 날처럼 가슴 열고 살아가야 할
해방 그 때의 감격이 다시 출렁이도록

밤잠이 없는 새벽
이 편지를 쓴다

그 사람

꺽덕진 그 사람 생각을 한다
날마다 생고기 물회를 들어마셔
검붉은 얼굴, 이글이글 타는 눈빛
팔다리가 욱신거려도 힘쓸 데가 없던

해방 그 때
누구보다 힘차게 만세를 불렀고
누구보다 앞장서서 주재소를 접수했던

운동장에선
언제나 달리기가 일등이었고
공을 잡으면
황소보다 어기차게 휘몰아쳤던

우리 시대 어린 것들의 우상이었던

6 · 25를 전후하여
겨울산 골짜기에
전설처럼 아득하게 이름을 떨쳤던

분명
이 나라 어딘가에
지금도 살고 있을

세상이 바뀌어도
아직은 때가 아니라며
일체를 외면으로 살아가고 있을

남들이 뭐라 하던
그 날은 기어코 찾아오고 말 것이라는
천근 같은 믿음으로 살아가고 있을……

지금쯤 어느 어판장 뒷골목
뒷짐짓고 느긋하게 걸어가고 있을

그 사람 소식을 위하여
나는 오늘
바람 부는 항구로 첫차를 탄다

물에 젖은 낙엽처럼

누가 누구를

누가 누구를 따돌림하며
누가 누구를 삿대질하겠느냐

모두가 그렇고 그렇게
길들여 왔고 물들어 왔는데

어제의 투사가 오늘의 반동이 되고
어제의 끄나풀이 오늘의 일꾼이 되는
이 숨가쁜 세상에서

누가 누구의 목덜미를 노려
누가 누구를 고자질하겠느냐

6 · 25 그 때
변절한 놈들이 더 지독했듯이
이즈막엔 낯 익은 것들이 더 설쳐대는데

누가 누구를 담벼락에 세워 놓고
누가 누구를 돌로 치겠느냐

영화를 보고

당신의 죽음은 너무도 끔찍했습니다
그것은 타살만이 아니라 처형이었기 때문입니다
더구나 인간의 자식인 당신에게 있어서는

그래서 그 전 날 밤 '게세마네' 동산에서 올린
당신의 기도 속에는 온통 페닉이 꽉 차 있었습니다
"이 쓴 잔을 나에게서 멀리하게 하시며"
마주잡은 두 손목은 그저 떨고만 있었습니다

너무도 인간적인 당신
무서움을 무서워 할 줄 아는
쳐다브는 눈 속에는 애원마저 담겨 있는

그러나 꼭 가야 할 길은
그 두려움 그냥 접어둔 채
말없이 따라나서던 그 결단
때문에 우리는 당신을 형제라 부릅니다

집에 있는 아흔아홉 마리 양보다
잃어버 린 한 마리 양을 구하기 위하여
광야를 헤매고, 문둥이 마을까지 찾아
들어갔던
피보다 진한 인간을 위한 당신의 사랑

'나사렛' 가는 길, 교만한 자 거짓 중언하는 자는
멀리 하라 하던
준엄한 그 말씀

남들은 모두 당신이 누구의 아들이라고
경배와 찬양을 바칠 때
너무나 우리를 닮은 그 얼굴 그냥
끌려가 죽은 목숨이기에

형제라 부릅니다
그래야만 십자가에서 흘린 피
그 피의 빛깔이 더 뚜렷할 것입니다

무제

뚜렷해야 한다
그리고 지독해야 한다
어떻게 내려진 결단인데
한 치의 흔들림도 엿보일 수 없다

악랄해지리라 그네들의 음해는
일체의 기득권이 허물어진다며
사생결단 물고 또 물고 늘어지리라

그러나 얼마를 더 버티겠느냐
그 한 줌도 안 되는 인간들
모두가 평화를 사랑하고
그것이 가장 절박한 바람일 때
머지 않아 찾아질 봄눈 같은 목숨들

다그쳐야 한다
뒤돌아 볼 것도 없다
무쇠는 달아 올랐을 때
내리쳐야 하듯이
모두가 그곳으로 뜨겁게 두리뭉쳐 있을 때
세차게 힘차게 밀어붙여야 한다

이제 우리는 강을 건넜다

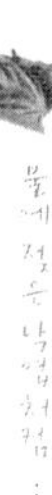

돌아오지 못하는 '루비콘' 그 강을
때문에 일체의 과거는 묻질 않는다
아비 죽인 원수까지 용서해야 하는
봇물처럼 밀고 가는
벅찬 이 행렬 속에서

그러나 똑똑히 기억해 두라
불덩이 같은 공화국에서는
무식한 죄는 용서를 받아도
유식한 잔재주는 돌아설 자리가
없다는 것을……

신 사도행전

이젠 콩으로 메주를 쑨대도
당신 말을 믿을 수 없습니다

온통 사랑으로 덧칠을 한
십자가, 마리아상을 짓뭉개고
들이닥친 저들은
도대체 당신과는 무슨 상관이
있습니까

평화도 자유도 한 번의 加擊가격에
도륙을 당했습니다

원수를 사랑하라던 당신
그러나 오늘 저렇게 피 흘리고 있는
사람들은 모두
당신의 친구입니까
원수입니까

원수보다 더 미워 하던 위선자들
오늘 살륙을 자행하는 저들을
모드 십자가를 목에 걸고
당신의 이름으로 어린 애들까지
살해하고 있습니다

이제 누구도 당신의 세상을 주관한다고
보지를 않습니다
당신 아닌 다른 신들이 우리의 기도를
받고 있습니다

아프칸 전사 같은

뿌리 깊은 그 사람들 생각한다

구리빛 얼굴, 깊숙한 눈자욱
말수는 적어도 눈빛은 살아
더러는 그 때문에 죽기도 했고
더러는 그 때문에 살아나기도 했던

누구는 겨울산 골짜기에 전설을 남겨 놓고
누구는 동해안 어느 곳에 지금도 숨어 사는

6 · 15가 오고 8 · 15가 와도
해방 그 때의 감격은 살아나지 않는다며
벌초 때가 되고 성묘철이 다가와도
아직은 그럴 때가 아니라며

일체를 외면으로 살아가고 있는
돌덩이 같은 사람들……

눈을 감으면 쪽빛 바다, 불타는 해당화
오늘도 꿈 속에서 타 넘었던
눈 덮인 그 산야

오십년 세월

숨 죽이고만 살아도
아직은 더운 피 끓고 있는
아 아프칸 전사 같은 그
고향 사람들

김대두 시집

경의선

이 길 이대로 따라가면
내년 이맘대쯤
그 역두에 내려서겠지

비 개인 가을날
들판엔 오곡이 무르익어 가고
마을마다 풍물 소리 줄을 잇겠지

끊어진 핏줄이 이어지고
막혔던 숨통이 터지는 날

사람들은
불덛아 오른 얼굴, 치켜든 깃발
만세는 또 산천에 울리겠지

누구 이 작심한 길 가로 막겠느냐
누구 이 힘찬 발걸음 잡고 늘어지겠느냐

한 번 터진 피맺힌 봇물
저렇게 도도한 강물로 흐르게 될 줄이야

이젠 누구의 꼬득임에도 갈라서지 않는다
얼마나 부끄러운 일이더냐
남의 손에 놀아났던 지난 날들이

생으로 찢겨져 원수로 갈라섰던 우리들
때문에 더욱더 눈물겹고 뜨겁게
두리뭉쳐야 한다

그리고는 서로서로 다둑거리며 살아가야 한다
까닭없이 증오하며 살아왔던 빈충맞은 세월일랑
저 강물에 흘려 보내며
그것들 보란 듯이 사랑하며 아껴가며
더 잘 살아야 한다

눈빛만 보아도 치받히는 슬픔
남들처럼 희멀겋지는 않더래도
착하디 착한 어쩔 수 없는 흰 옷 입은
백성이던 것을

어기찬 가슴
비바람을 뚫고 달려온 아침
이제사 하늘이 개이고
사람들은 더 없이 훤해 오는 가을 날

그렇게 기다렸던
인간의 나라, 형제의 땅으로
번쩍이는 철길
더욱 세차게 열차는 달린다

지금 그 땅에는

충청도 영동에서
황해도 신천에서
피를 묻힌 손버릇이

오늘은
아프칸에서, 이라크에서
짐승스런 만행을 저지르고 있다

늙은이에서
부녀자, 아이들에게까지
총칼을 들이대는 너희들

어느 땅굴 속에서
잔 이빨을 갈고 있던
蛇蝎사갈의 종자들인가

노랑머리가 아니면
인종이 아니라는
呪文주문에 속아
피에 주린 인간백정

꼬득였던 그 하나님
지금쯤 어느 하늘 끝에서

흡족한 비웃음을
흘리고 있는가

그러나 똑똑히 기억해 두라
역사란
한 없이 끈질기고 잔인하다는 것을

오늘 저렇게 쏟아붓는
殺戮살륙의 화약이
내일은

몇배의 원한을 품고
너희들의 심장 속을
파고든다는 것을……

膺懲응징하는 의미

그게 너희들이었다
음습한 눈자욱
등이 굽은 매부리코
백인종도 있고
흑인종도 섞여 있는

세례요한을 죽이고
예수까지 처형한 피 묻은 손으로
지구의 구석구석 페스트를 뿌리는
싱크대의 늙은 쥐

어제는 팔레스타인에서
어린 아이까지 죽이다가
오늘은 탐욕스런 미국인을 꼬득여
중동의 腦髓뇌수를 빨아 먹고 있는

배신과 밀고, 僞證위증과 음모
때문에 수천년 동안
'겟토'에만 갇혀 살아 왔던
梅花病매화병의 보균자들

때문에 그네들을 처단한
히틀러와 스탈린까지 한때

물에 젖은 낙엽처럼

박수를 받고 있는
음모 뒤에 엎드린 가증스런 인간들

撲滅박멸을 하라, 청소를 하라
살충제를 뿌리고 고엽제를 뿌려도
번득이는 눈꼬리
흔적마저 없애려면 차라리
땅 속 깊숙이 갈아 뭉개 버려라

눈에는 눈, 코에는 코
장난 같은 소꿉질은 걷어치우고
되로 주고 말로 받는 화끈한 본때
膺懲응징, 그 의미를 뉘우쳐 보아라

우이동에서

이제 당신이 바라던 그런 세상이 찾아 올 것 같습니다
종도 상전도 없고 수탈도 약탈도 없던
해방 그 때의 감격이 두리뭉쳐 치솟아 오르던
불덩이 같은 공화국, 그 공화국의 아침이
밝아올 것 같습니다

때문에 그 많은 젊은이들이 이 山野산야 파다하게
피를 뿌렸고
때문에 그 숱한 사람들이 處刑처형의 담벼락에 줄을 서야 했던
치욕과 모독의 그 역사 걷어차고
싱그러운 아침, 눈부신 태양 아래 마주서야 할 우리는
분명 잘난 백성들이고, 아름다운 사람들일 것입니다

이제부턴 서로가 서로를 감싸안고
찢겨진 상처를 어루만져 가며
아비 죽인 원수까지 용서를 해야 할
통이 큰 인간들로 태어나기 위해서는
나를 죽여 우리로 거듭 나던
용광로, 그 잔인한 시련을 겪어야 할 것입니다

그리하여 누구의 꼬득임, 누구의 뒷배 같은 거
결연히 뿌리치고
당신의 생전의 비원이었던

우리 손으로 쟁취한 통일, 우리 손으로 제패한 세상

그것들을 위하여
당신 생전의 가시밭길이었던
압록강을 건너 해모수의 땅을 넘어, 볼가의 강뚝까지
세차게 밀어붙이는
줄기찬 백성, 지독한 인종으로
자라나야 할 것입니다

때문에
요즘 당신 묘역의 둘레 솔들은 부쩍 푸른 빛을 더하고
당신이 쓰러진 로타리
찾아오는 사람들은 한층 더 눈빛이 험악해 보입디다

그 날의 함성

그 날이 오면
나는 술상머리 지긋이 눈물 미우는
해방 그 날의 늙은이가 아니라

주막집 울타리에서 개숫물이나 받아먹는
빈충맞은 세월의 꽃나무가 아니라

깊숙한 처마 밑 마지 못해 매달려
신음하는 빛깔의
깃발이 아니라

한 번은 화끈하게 핏대를 세우고
작렬하는 태양 아래
시커멓게 시커멓게 불타고 있는
사시나무는 못 되어도
아직도 구름 밖에 울고 있는
우리 할배 생전의 비원
우레 같은 그 날의 함성이여

■ 후기

2000년 6월 15일은 우리에게 상당히 의미 있는 날이다.

물론 1970년대에도 7·4 공동성명이 있었고, 1991년에도 한반도 비핵화선언이 있었지만 그것들은 다분히 정권 안보적인 측면에서 빚어진 고육지책의 하나일 수 있다.

그러나 6·15공동선언은 그동안 꾸준히 내면적으로 숙성되어 왔던 민중의 통일에 대한 열망과 자주적으로 민족문제를 해결할 수 있다는 민족역량이 결집하여 정상을 통하여 용출된 민족사의 일대 쾌거라 하지 않을 수 없다. 그 감격을 〈새벽에 쓰는 편지〉, 〈무제〉 등에 담아보려 애썼다. 그러나 어느 변혁운동에도 반동은 반드시 있게 마련이듯이 통일이 오면 이제까지 누려온 기득권과 일신상의 이익에 위험이 오지 않을까 하고 떼거리를 모아 생떼를 쓰고 주먹을 휘두르는 그 몇 줌 안 되는 기득권자들의 행패를 〈물에 젖은 낙엽처럼〉, 〈그 때〉, 〈베드로를 닮아가는〉 등에 담아 보았다. 다행히 집 뒷산(황룡산)에 올라가 보면 날씨가 좋은 날 개성 송악산이 한손에 잡힐 듯 다가오는데 그 반가움과 개성에서의 합작사업에 대한 설레임을 〈황룡산에서〉 등에서 적어 보았다.

그리고 그 산을 내려오다 보면 산자락 작은 둔덕에 수직형 금정굴이 있는데 거기에는 9·28수복 후 부역자를 처단한답시고 경찰과 청년단원들이 밭일하던 늙은이, 밥을 짓던 부녀자, 골목에서 노는 아이들까지 싸그리 끌고 가 학살하여 파묻었던 가슴 아픈 비극의 현장이 시뻘겋게 현수막을 펄럭이고 있다.

그 때 어느 고장인들 그런 일이 없었을까만 고향에도 그런 일이 있었고 날마다 그 앞을 지나가는 사람으로서는 어찌 한 줌 흙이나 돌맹이 하나라도 주워 올려 그 중음신들에 대한 조그마한 위로라도 하나 하지 않을 수 있으랴. 그런 심정을 글에 좀 담은 것이 〈황룡산을 내려오며〉 〈금정굴에서〉들이다.

또 하나 사는 곳이 신개지라서 진절머리나는 빈부의 격차를 피해서 찾아온 것이 이곳도 대한민국이라서 도시조성과 아파트 짓는 것을 중심으로 일어나는 가진 자와 갖지 못한 자간의 심각한 간극을 밥먹듯 보아온 덕에 〈뉴 타운〉 〈흙먼지〉 등을 쓸 수 있었다.

그러므로 이번 시집은 어떤 테제를 밑에 깔고 일관되게 추구해 온 기획물이 아니라 그때그때 느껴지는 여러 현상들을 단편적으로 적어놓은 제 못난 인간의 넋두리일 뿐이다.

말년에 박두진 선생님께서 "내가 엮어낸 그 시집들을 지금 긁어모아 불태워 버릴 수만 있다면……" 하고 후회하시던 모습을 떠올리면서 이 글을 마친다.

김대두 시집

물에 젖은 낙엽처럼

지은이 / 김대두
펴낸이 / 김재엽
펴낸곳 / **한누리미디어**
편집디자인 / 지선숙

·

100-845, 서울시 중구 을지로 2가 148-73
신화빌딩 401호
전화 / (02)2278-4513, 2268-4514
Fax / (02)2268-4524

·

등록 / 제16-467호(1993. 11. 4)

·

초판발행일 / 2005년 11월 20일

·

ⓒ 2005 김대두 Printed in KOREA

·

값 7,000원

·

E-mail/hannury2003@hanmail.net

·

※잘못된 책은 바꿔드립니다.
※저자와의 협약으로 인지는 생략합니다.

·

ISBN 89-7969-280-3 03810